AF156087

Au mot près...

Toute ressemblance avec des personnages existants serait purement fortuite. Cette histoire est une fiction...

Quelques libertés ont d'ailleurs été prises avec certaines réalités...

© 2024 Guy ANDRE

Édition : BoD · Books on Demand, 31 avenue Saint-Rémy, 57600 Forbach, bod@bod.fr

Impression : Libri Plureos GmbH, Friedensallee 273, 22763 Hamburg (Allemagne)

ISBN : 978-2-3225-5329-7
Dépôt légal : Janvier 2025

A Ana ...

A nos enfants Hélène et Laurent...

REMERCIEMENTS

Je remercie Dylan Degrelle et Mickaël Guérin pour l'élaboration de la couverture en tant qu'animateurs numériques.

Je remercie ma fille Hélène pour son aide bienveillante à la correction du livre.

Sur l'auteur

Ancien enseignant spécialisé et référent pour les élèves en situation de handicap dans l'Avesnois, j'ai été coureur à pied dans l'ultrafond pendant près de trente ans.

Lors de mes entraînements quotidiens et durant les compétitions, j'ai dû souvent m'éloigner du réel pour surmonter la fatigue et la douleur, mais également me surpasser. Dans ces moments-là, j'ai commencé à esquisser la trame de nombreuses histoires que je couche désormais sur le papier...

Les précédents romans :

Publié en avril 2023 : « Mémorial sur ordonnance »

Publié en janvier 2024 : » La colère des faibles »

 facebook Guy ANDRE

Prologue

13 ans auparavant - Un village près de Varsovie.

—Lucie ! Viens vite !

—Je me dépêche !

—Plus vite ! Vite, ça va tomber !

Patatras... Des pierres s'écroulent ; un bruit assourdissant heurte le silence qui habite ordinairement ce lieu.

—Emilio ! Emilio ! Oh mon dieu !

Lucic voit son mari, debout, tout poussiéreux, tenant à bout de bras la voûte dont quelques pierres viennent de s'écrouler...

—Attends, on va mettre cette poutre en-dessous pour t'aider à la maintenir ! Que s'est-il donc passé ? Toutes les fresques ! Oh, mon dieu !

Habilement, la jeune femme empoigne un des bastaings empilés au sol, et l'approche de ce qui semble être une peinture ancienne, un bout de fresque…

—Ne mets pas le bastaing ! Tu sais, je ne tiens rien, regarde ! dit Emilio en s'écartant.

Effectivement, il a désormais les mains sur les hanches et plus rien ne tombe de cette crypte d'une vieille église encore en décombres depuis la fin de la 2ème guerre mondiale. La situation était si critique dans ce pays que de nombreuses années se sont écoulées sans aucune restauration. Par où commencer la reconstruction ? Certainement pas par les petits villages. Il y a tant à faire !

C'est par un concours de circonstances que Lucie et Emilio effectuaient des recherches à cet endroit. Un collègue historien polonais avait éveillé leur curiosité. Plusieurs années après la guerre, alors qu'il voyageait dans son pays, les villageois lui avaient retracé l'histoire de cette chapelle. En janvier 1945, les nazis y avaient effectué des travaux de maçonnerie durant plusieurs jours alors qu'ils étaient en pleine débâcle et que la chapelle était en excellent état… Le maçon du village avait été enrôlé de force et puis avait été fusillé … Etrange…

Peu de temps après, des avions russes bombardaient le bourg … détruisant presque entièrement la chapelle.

Que cherchaient à dissimuler les nazis à cet endroit ?

Curiosité, quand tu nous tiens…

Une chapelle en ruine, un secret sans doute enfoui… Quoi de mieux pour pimenter l'existence de Lucie et Emilio ?

—Vois-ça, on dirait que la fresque est constituée de deux morceaux d'époques différentes !

Et patatras à nouveau ! L'ensemble finit de tomber, des bouts de pierres éclatent au sol. Apparait, parmi ceux-ci, un petit cylindre en acier, impeccable, étincelant, fermé de chaque côté.

—Tu vois, on aurait dû étayer ! Zut, c'est quoi ça ? lance Lucie.

Emilio saisit promptement le tube, et ôte un des embouts.

Il sort, précautionneusement, un rouleau constitué de plusieurs feuilles manuscrites.

Lucie s'approche de son mari qui les a déjà délicatement déposées sur la table d'expertise.

Quelques longues minutes s'écoulent avant qu'elle ne relève le nez des cinq premières feuilles qu'elle a parcourues.

—Hé bé ! soupire-t-elle, en s'asseyant sur une chaise proche d'elle.

—C'est quoi ? Dis-moi ?

—C'est une bombe ce document !

—C'est-à-dire ? questionne, intrigué, Emilio.

—Il semblerait, si j'ai bien compris, que ce soit une étude aboutie sur une formule chimique permettant…

Lucie prend un temps d'arrêt.

—De quoi faire ? continue Emilio.

Elle se penche vers lui pour lui murmurer à l'oreille la suite…

—Non… N'importe quoi ! Tu es sûre ?

—A première vue, oui ! Je suis chimiste et biologiste à la base, et ça peut franchement être ça… d'après les premiers feuillets… Il faudrait prendre plus de temps pour les étudier… Le préambule du document, écrit en allemand, est d'ailleurs très clair et correspond à ce que je dis. Les nazis effectuaient des recherches scientifiques dans tellement de domaines ! Ils ont voulu cacher celle-là avant la débâcle, c'est sûr !

—Oh bon sang ! Que va-t-on faire de cette découverte ?

—La protéger ! Il faut savoir l'emploi qu'on pourrait en faire !

—Mais où la protéger !

—Je sais où, mon chéri, je sais où…

Chapitre 1

Temps passé : 1h

Mais qu'est-ce que je fais là ? C'est où là, d'ailleurs ?

Je ne sais pas… Une chanson me trotte dans la tête. Je l'aime, je l'adore, je le sais… Comment s'appelle-t-elle ? Le vide sidéral… Je ne sais plus. Ah, bon sang, je ne connais que ce titre ! Mais je suis perdu… Je recherche ce que j'ai déjà oublié… C'est grave ça ! J'ai tellement mal à la tête que l'écho répond à mes questions, l'écho du vide…

J'essaie d'ouvrir les yeux, mais c'est trop douloureux, comme si j'avais reçu des coups de poing… J'ai un drôle de goût dans la bouche et quelque chose qui colle sur mes lèvres…

Oui… je me souviens ! Un grand gars, épais… une brute ! Chauve. Enfin, rasé je crois. Je ne sais plus…Il m'a tabassé. C'est certain !

Quoique… Mais je ne me souviens même plus de mon âge, par exemple, plus rien ! Bizarre. La quarantaine, oui 45 je crois. C'est ça, 45 ans !

Je ne vois rien, pourtant mes paupières sont ouvertes... Je suis dans l'obscurité la plus totale. Mais où suis-je ?

J'ai mal partout, je suis allongé, je ne vois rien, j'ai mal à la tête, et ça sent mauvais. Je connais cette drôle d'odeur…

C'est silencieux. Etrangement silencieux. Un silence à faire peur.

Des souvenirs apparaissent peu à peu. Je reprends conscience de mon corps. Je suis allongé, les jambes serrées l'une contre l'autre. Je suis sur un sol dur, mais ce n'est fort probablement pas un sol. Ce n'est pas certain. On dirait que je suis sur du bois… Du vieux bois et ça sent l'humidité ! Je me sens à l'étroit. J'ai les bras sur mon corps, un peu de chaque côté et je ne réussis pas à les descendre le long ! Si j'essaie, j'ai mal, et c'est très difficile. Je suis presque bloqué. Non, je suis gêné, plus exactement, empêché de bouger même, que ce soit à droite ou à gauche, par des cloisons, ou murs, ou que sais-je…

Quoique… Je commence à soupçonner ce qui est en train de se passer. Je lève les bras de

13

quelques centimètres et ils touchent une paroi ! Cela me fait mal d'avoir bougé un peu. Du bois également, vieux, râpeux … Des interstices…

Je pousse, je cogne vers le haut… de la poussière tombe sur moi…

Pas de la poussière… De la terre ! Beaucoup de terre…

Je tousse. Je crache. Je peste et une peur panique m'envahit. L'impensable est en train de germer dans mon esprit.

Je m'appelle… Mathieu ? Oui, Mathieu Doe, ma mémoire se réveille. Mes sens sont en éveil. J'ai froid.

Je suis manifestement dans une caisse en bois ! Un cercueil !

Enterré … vivant ! C'est certain ! Cette odeur, ce bois, ce silence, cette étroitesse de place, cette obscurité…

Allez, réfléchis Mat ! Réfléchis sinon ton avenir s'annonce court… plus que court…

Qu'est-ce que je fous là ? Qu'est-ce que je peux bien foutre dans un cercueil pourri ? Pourquoi suis-je enterré vivant ? Un cauchemar ?

Non, je ne rêve pas car j'ai des sensations au niveau de tous mes sens. Cela ne peut pas être un rêve, même un mauvais rêve !

… Bien sûr ! C'est à cause de ces trois jeunes qui sont venus me voir à la fin de la conférence pour demander mon aide. C'est à cause d'eux que je suis dans ce pétrin ! C'est ça… Trois étudiants…

Pourquoi ai-je accepté de les aider ?

Pourquoi toujours aider les autres ?

Je ne peux pas m'empêcher … et voilà où cela me conduit ! On m'a tellement dit et répété de me concentrer uniquement sur mes propres problèmes.

Je vais mourir enterré, parce que, une fois de plus, je n'ai pas su refuser ! Moi et mon âme de Bon Samaritain !

Chaque fois, je m'investis dans une cause juste et louable et je m'en sors toujours bien. Mais là, maintenant, c'est la fin pour moi !

Ma mémoire fonctionne à plein désormais, et je revois mentalement une étude que j'ai lue récemment (quelle ironie !). Je n'ai que six heures avant de mourir étouffé pour peu que je respire lentement et reste calme. C'est ce qui ressortait de cet article. Depuis combien de temps suis-je ici ? Une heure peut-être ? Il m'en reste cinq donc… au mieux ! Je dois me protéger la bouche, les yeux et le nez… Il ne faut pas que j'avale trop de terre sinon je vais tousser, m'agiter, paniquer, m'étouffer, et consommer le peu d'oxygène dont je dispose !

Mon esprit fonctionne, déduit, et conclut toujours malgré l'angoisse qui m'étreint. Mon cerveau analysera la situation jusqu'à la fin. Quelle horreur !

Le criminologue que je suis a compris parfaitement son avenir, ce que je vais endurer…

Du calme…

Enterré vivant !

Bon sang, ce n'est vraiment pas une belle mort !

Du calme…

Je vais tâcher tranquillement de remonter mon imper sur la tête. Hé oui… A la Columbo, je porte un sempiternel imperméable sur le dos… Même s'il fait chaud. Un style, un besoin, …un toc sans doute…

Allons-y ! Essayons de bouger les bras, les mains et de remonter un peu tout ça sur la bouche et le nez !

Mon Bogart, où est-il ? Bon sang, qu'est-ce que ça peut faire, Il y a plus important tout de même !

Du calme… Ne pas sombrer dans l'énervement, la détresse, l'angoisse, la terreur…

Garder son sang-froid.

J'ai froid.

Des pensées positives… Euh … Franchement difficile.

Je me concentre. C'est parti. Mon rythme cardiaque se fait lent, paisible, dominé par mon esprit.

Soudain, une idée obsessionnelle domine mon cerveau. Mon cauchemar, ma faiblesse… Non ! Non ! Pas maintenant ! Je m'étais pourtant juré de…

De quoi ?

J'ai faim.

Alors, envahi par la terreur, je me mets à crier, crier … Un cri déchirant de bête mourante.

De la terre tombe sur mon visage.

Je vais mourir asphyxié au fond d'une tombe ! Amber me manque…Ma femme…

Je crie, je lui crie mon désespoir !

Elle m'a toujours aidé, soutenu ! Elle me trouvera… Oui, l'espoir, l'espoir du désespoir !

De nouveau ma perpétuelle obsession en profite pour me détruire… Merde ! Dégage, tire-toi de ma tête ! Ce n'est pas le moment ! Vade rétro Satanas !

Amber ! Il faut que je pense à elle ! Elle m'a toujours porté chance… Je l'aime encore ! Je veux pouvoir l'aimer encore !

Je hurle de plus belle !

Je suis fatigué.

Froid, faim, fatigue… Le triptyque négatif…

Je hurle dans ce silence de mort.

De la terre tombe sur moi… Je viens de raccourcir de plusieurs précieuses minutes ma vie ! Je m'en fous ! Je dérape, je me noie dans des pensées macabres, je suis entré dans un cercle vicieux de terreur !

Au secours !!!

Chapitre 2

Salle de conférence à Séville

Je conclus par les phrases habituelles :

—… merci pour votre attention !

S'ensuit un tonnerre d'applaudissements.

Je saisis la petite bouteille d'eau sur le coin de mon pupitre, me délecte de sa fraîcheur, puis salue la foule de plusieurs hochements de tête et d'un grand « lever de bras » !

Je me sens bien…

Je sais que cette conférence, « Le profileur a-t-il une conscience ? », plaît bien au public néophyte, mais également aux personnes plus impliquées dans mon champs d'action : la criminologie. Mon plan est structuré, des exemples concrets étayent mon discours, et des points de réflexions intéressants incitent au questionnement. Aucune faille dans mon raisonnement. Je suis fier de ce contenu. Il a contribué notablement à ma réputation, et au fait que je sois invité partout en d'Europe dont l'Espagne que je préfère à tout autre pays, j'y ai tant de souvenirs…

Je regarde ma montre : 17h. J'ai encore soif ! La climatisation ne fonctionne pas en cette période de l'année. La salle est ancienne, ressemble à une ancienne salle de cinéma. Vaste, mais peu aérée. J'ai chaud et j'ai vu qu'une partie du public s'éventait avec ce qu'il pouvait trouver, magazine, portefeuille, mouchoir durant la conférence… C'en était parfois comique : une jeune femme a pris sa casquette rouge de base-ball pour se rafraîchir en l'agitant devant elle et celle qui était derrière elle ne cessait de bouger de droite à gauche pour me voir… Elle a fini par se lever et s'asseoir sur une marche de l'allée ! Suis-je si hypnotique ? Le contenu de mes propos les maintient-il dans un tel état de dépendance ? Je rigole en mon for intérieur en repensant à ce moment. Il faut dire que je maîtrise tellement mon sujet que je peux, tout en allant dans mes propos, observer le public installé dans la salle. L'instinct du profileur ! Et l'expérience…

Plus de cinq cents spectateurs, pour deux heures de discours en pleine après-midi à Séville, en ce mois d'avril, avec des températures déjà élevées, c'est plutôt pas mal !

J'aime chaque année m'accorder, à cette période de l'année, une quinzaine de jours de détente en Andalousie. J'en profite pour faire des conférences en espagnol et côtoyer les services de police qui me fournissent de précieux renseignements pour mon livre sur les méthodes d'analyses de crimes selon les pays. Je rends aussi toujours visite à des amis qui me sont chers. J'aime aussi aller à Malaga pour les processions de la semaine sainte. Une semaine chargée d'émotions pour les Espagnols et les nombreux touristes dont je fais partie… J'ai déjà assisté, depuis plus de vingt ans que j'y viens, à toutes les processions. Je dois dire qu'elles soulèvent toujours en moi un vif émoi lorsque je constate, in situ, la dévotion, mais aussi le respect, l'admiration, ou tout simplement la curiosité bienveillante que dévoilent les participants, mais également les dizaines de milliers de spectateurs…

Alors que je range mes documents et éteins le vidéo projecteur, tout en lorgnant sur ma petite bouteille de jus d'orange, je vois une jeune femme avancer vers moi, d'un pas décidé. Vêtue d'un jean moulant, troué comme il se doit actuellement et d'un tee-shirt ample, les cheveux bruns, les yeux bleus, elle a à la main une casquette de couleur rouge… Un parfum de qualité émane d'elle, une senteur florale, discrète mais que je capte aisément. Un bruissement sur le sol m'indique qu'elle est surement chaussée avec des ballerines… Un coup d'œil : exact ! Tiens, tiens, la jeune femme de tout à l'heure dans l'assemblée ? Je l'observe attentivement. Elle est jeune, très jeune. Une éventuelle stagiaire ? Une étudiante qui veut étoffer son mémoire ? Une admiratrice en quête de dédicace d'un de mes livres que j'écris toujours en français alors que je suis anglais, à la base, dirai-je ? Aucun mérite à cela. Je suis né à Lille de parents britanniques. À la suite de leur décès alors que j'étais encore jeune, mon oncle et ma tante m'ont envoyé dans un des meilleurs pensionnats de Wallonie. Donc rien d'étonnant à ce que je maîtrise parfaitement la langue de Molière. Commerçants à Anvers, ils voyageaient partout dans le monde. Durant les vacances, je les suivais dans leurs périples qui, en été, aboutissaient toujours en Andalousie. C'est comme cela que j'ai appris à observer, à comprendre les similitudes ou les différences entre les peuples et à aimer l'Espagne. C'est comme cela également que j'ai étoffé la palette des langues que j'applique, et pour certaines, que je maîtrise.

Arrivent à sa suite, et cela m'interpelle, deux gars, l'un, disons, de forte corpulence, soyons clair, carrément en grave surpoids, blond, cheveux longs, tombants largement sur les épaules et le front, à la limite des yeux, et l'autre grand, d'attitude sportive, cheveux bruns, courts.

Les deux jeunes gens rejoignent la jeune femme. Ils l'encadrent et échangent des regards complices. La jeune femme en paraît alors d'autant plus discrète. Je comprends en les voyant et en comparant leurs tailles la raison des ballerines pour la jeune femme : elle est la plus grande des trois malgré tout… C'est le costaud qui s'adressera à moi, je pense. Manifestement, ils ont tous les trois une question commune ou une requête à me proposer… Ah non, pas un stage pour les trois en même temps ! Encore moins l'un après l'autre !

Ou alors, un problème les ennuie et ils veulent mon avis, ou mon aide. Je saisis mon jus d'orange et engloutis d'une traite le contenu de la bouteille. Je le préfère à l'eau de tout à l'heure !

Ah que c'est bon… Je prends un mouchoir en tissu dans la poche arrière de mon pantalon, pour m'essuyer la bouche. Aujourd'hui, c'est le vert. Chaque jour, avant de sortir je vérifie que j'en ai bien un et chaque jour j'en choisis un de couleur différente… Appelez ça une habitude ou un toc… comme vous voulez ! C'est essentiel pour moi.

Les trois jeunes, un petit sourire au coin des lèvres, m'observent.

Le jeune homme, type sportif, s'adresse à moi en français.

—Monsieur Doe, pardonnez-moi de vous déranger juste à la fin de cette conférence…

Il a un petit accent indéfinissable, mais son français est impeccable. Il enchaîne, avant que je puisse lui poser des questions sur son origine.

—Votre conférence était extrêmement passionnante, Monsieur Doe !

—Je vous remercie jeune homme ! Des questions ? Un problème ?

—Non, nous voud…

—Une demande de stage ? dis-je sur un ton ironique.

Aucun sourire à la suite de mes propos…

J'ajoute d'un ton plus amène.

—Allez, dites-moi donc !

—Monsieur Doe ! réplique la jeune femme, en français également, nous venons vous parler de Lucas et Emma Winter.

Elle triture désormais sa chevelure, se dandine sur ses pieds, et devient carrément rouge de visage. Discrète et osant peu…me dis-je.

—Nous savons que vous êtes leur parrain, et que vous les voyez chaque année durant la Semaine sainte, termine le costaud ...

Je reste bouche bée. Alors là, les petits jeunes m'en bouchent un coin !

—Comment savez-vous tout cela ? Et pourquoi me questionner sur eux ?

—Je m'appelle Léa, renchérit la jeune femme d'une voix timide, et voici Maxime, et Thomas. Nous allons à la même fac que Lucas et Emma.

Maxime est le jeune plutôt fort, mais c'est Thomas qui ajoute :

—Nous sommes plus que des étudiants qui fréquentent la même université, Léa ! Nous sommes amis ! Des amis très proches ! Des vrais !

—Pardonnez-moi, dis-je sur la défensive, mais pourquoi voulez-vous me voir à leur propos ? Quels seraient les problèmes que vous n'arriveriez pas à résoudre et qui me désignent comme étant une pièce essentielle à leurs résolutions ?

—Ils ont disparu depuis deux jours… Nous devions venir ici tous les cinq vous écouter, nous en avions convenu.

—Vous savez, parfois les jeunes s'absentent et ne préviennent pas forcément leurs amis. Vous devriez néanmoins, dans ce cas, avertir leurs parents.

Thomas, d'un geste sec de la main, m'interrompt :

—Monsieur Doe, leurs parents sont morts !

Je le regarde, interdit…

—Mais… Que voulez-vous dire?

—Monsieur Doe, ils ont été assassinés…

Chapitre 3

Malgré la chaleur présente déjà sur le sud de l'Espagne, je porte mon habituel imperméable long et noir, qui me confère, selon mes critères, une certaine élégance et une marque de fabrique qui me sied ! L'habit ne fait pas le moine, mais il y contribue, dit-on. Pour moi, l'aspect félin et limier me convient ! Ma tête est ornée de mon éternel Bogart, noir, ce chapeau iconique et indétrônable, assortissant le tout d'un certain chic ! Amby m'adore comme cela ! Pardon, m'adorait… Je suis grand et mon allure longiligne me confère une certaine prestance. Cette prestance m'ouvre souvent des portes fermées à d'autres ! L'habit ne fait pas … Bref, encore une fois, un adage qui se vérifie !

Depuis que je suis séparé de ma femme, Amber, Amby donc, j'aime à me réfugier souvent en Andalousie. Cette région me rappelle ma jeunesse, mes meilleurs souvenirs, mes véritables amis. Mais également de bons moments avec elle… Je me sens seul, tellement seul sans elle.

Je ne comprends pas comment nos routes ont pu à tel point s'éloigner l'une de l'autre… La vie depuis plus d'un an et demi, presque deux, m'est toujours aussi insupportable. Nous formions un si beau couple, toujours en osmose et étions tellement en supplémentarité : un binôme parfaitement complémentaire qui anticipait les besoins de l'autre, ses réactions, ses émotions.

Mais, ça, c'était avant… Je dois penser à autre chose sinon je vais partir loin dans mes réflexions et je vais m'engouffrer dans ce tunnel qui me hante. Je dois me ressaisir. Je dois penser à autre chose.

Nous sommes tous les quatre, les trois étudiants et moi-même, attablés en terrasse du bistrot le plus proche de la salle de conférence. Séville ne grouille pas encore de monde, il fait chaud, mais il est encore trop tôt. Cette ville se réveillera dans quelques heures, comme tous les soirs.

J'observe mes trois compagnons en cette fin d'après-midi. Ils se délectent de leurs bières. Les deux garçons ont déjà presque fini ! Il va peut-être falloir que je leur en commande une autre ! Moi, j'ai mon jus de fruit en main, mais je joue avec le verre, retardant le moment de le savourer. J'en ai déjà soif d'un autre …

Ils me doivent des explications ... Être à l'extérieur atténue la morosité, l'inquiétude et l'angoisse qui m'étreignent. Il y a du bruit, trop à mon goût. Je ne réussis pas à me concentrer autant que je le voudrais sur cette nouvelle : mes amis ont été assassinés ! Il est fou ce jeunot, il est malade ! Impossible, inenvisageable, je ne le crois pas. Comment serait-ce possible ?

Depuis que j'ai appris la soi-disant mort de mes amis d'enfance, Lucie et Emilio, les parents de Lucas et Emma, je n'arrive plus à avoir de pensées cohérentes... Je suis à la fois ébahi, désespéré, et las... Las qu'encore une mauvaise nouvelle me tombe dessus.

Décidément, j'ai la poisse.

Mais, une fois encore, je me persuade que c'est une bêtise, ils ont cru que, ils pensent que, ils ont conclu que... Mais c'est absurde ce que m'a dit ce gars !

Remets-toi Mat ! Ecoute ces jeunes ! Concentre-toi !

Pour le coup, cette nouvelle m'a pétrifié littéralement ! J'ai du mal à me maîtriser et cette idée de leurs morts prend racine plus les secondes passent. Je pense à eux. Je ne dis pas encore « je repense à eux ».

Lucie et Emilio étaient mes amis d'enfance. D'abord copains de plage, puis voisins de résidence lorsque nos deux familles se sont liées d'amitié. Au fil des étés passés en Andalousie, nos relations sont devenues de plus en plus fortes. La distance, lorsque l'été s'achevait, ne nous séparait pas. Des heures au téléphone, comme seuls les ados savent le faire, ravivaient sans cesse notre amitié…

Les processions de la Semaine sainte à Malaga étaient un prétexte à nous revoir systématiquement chaque année. Moment incontournable. Pas besoin de prévenir ! Ils savaient que je venais en Andalousie, et ils étaient sûrs que je passerai les voir.

Les enfants, Lucas et Emma, des jumeaux, venaient chaque année quelques jours en Belgique dans notre maison, enfin dans ma maison, puisque depuis presque deux ans, Amber a déserté le domicile conjugal. En fait, plus trivialement, on peut dire qu'elle m'a largué !

Lucas et Emma sont adorables, très intelligents… Je les considère comme de ma famille, comme mes propres enfants… Je n'ai pas eu la chance d'en avoir. Amber et moi ne pouvons pas … La médecine n'a rien pu faire pour nous. Est-ce que cela a joué un rôle dans notre séparation ? Je ne le pense pas… C'est un sujet qu'il nous était difficile d'aborder. Pourtant

Dieu sait à quel point je peux être bavard… Amber me le reprochait souvent lorsque nous étions ensemble. Elle disait que je monopolisais la parole et que je ne la laissais pas respirer. J'étais tellement avide de lui raconter mes séjours à l'étranger … Elle m'écoutait en me fixant. Au bout de quelques minutes, elle déviait sur un sujet qui l'intéressait plus, son quotidien, ses recherches, ses collègues… Et moi, je…

Thomas coupe mon silence :

—Monsieur Doe ? Monsieur Doe ? Vous ne dites plus rien depuis tout à l'heure… Tout va bien ?

—Non, ça ne va pas ! dis-je en haussant le ton.

Flûte ! J'étais vraiment parti loin, là ! Reviens Mat, reviens au concret, au moment présent !

Je peste.

—Comment veux-tu que ça aille bien ? Vous venez de m'apprendre que mes meilleurs amis ont été assassinés et que leurs enfants ont disparu… Enfin, c'est ce que vous dites ! Vous êtes malades ! Comme ça, en deux minutes, il faudrait que j'aie digéré l'information ? D'ailleurs, info ou intox ?

—Ecoutez, cela fait beaucoup plus que deux minutes que vous regardez dans le vide, sans un mot. Vous n'avez pas l'air bien ! Et ce n'est pas en vous adressant à moi de cette manière que vous allez résoudre les problèmes. Je n'y suis pour rien, nous n'y sommes pour rien ! Nous sommes venus vous voir car nos deux amis nous ont toujours dit qu'il fallait vous contacter en cas de problème. Vous êtes, paraît-il, une personne raisonnable, pugnace, capable d'épauler quelqu'un sereinement… Du moins, c'est comme ça qu'ils vous ont décrit ! Ne vous inquiétez pas ! Nous allons vous laisser ! Nous tâcherons de prendre notre mal en patience avec la police qui patauge lamentablement, et si vous…

—Stop, stop, stop ! Touché mon garçon, plutôt Thomas ! Tu as raison, je suis un lamentable con ! Tu n'y peux rien, vous n'y pouvez rien… Mais cela me fait tellement mal … Veuillez me pardonnez… Et appelez-moi Mat ! Je me mets avec vous sur cette affaire. Ok ? Mais… Ils sont morts ?

—Oui, hélas, les jumeaux nous l'ont dit, vite fait au téléphone, hier. Ils étaient catastrophés, mais nous n'avons eu aucun détail. L'appel a duré trente secondes… répond Thomas à mon doute. C'est terrible, Monsieur Doe, c'est terrible !

—Même pas trente secondes ! renchérit Maxime.

—Ah, bon… Oui, c'est terrible… Même pas trente secondes… Etrange… Bon, nous allons voir comment on peut aider la police sur ce cas. Il est hors de question que rien ne se passe…Vous connaissez le nom de l'inspecteur chargé de cette affaire ?

—L'inspectrice Dolores Garcia et son assistant Miguel Quispe ! répond Léa. Ce sont eux que l'on a prévenus, enfin auprès de qui on nous a amené.

—Dolores Garcia ? Une petite, brune, yeux marron, une petite balafre sur le front qu'elle cache sous sa frange, et une cicatrice qui lui traverse tout le cou ?

—Oui … répond intriguée Léa. Vous la connaissez ?

—Léa, tu as remarqué tout ça ? questionne Maxime. Tu m'étonnes une fois de plus !

—Toi, tu n'as remarqué que sa grosse poitrine ! s'esclaffe Thomas.

—Oui, c'est elle et elle se fait appeler Lola ! ajoute Léa.

—Il n'y a pas que moi qui aie remarqué la profondeur de son décolleté ! Monsieur Doe ? On ne voit que ça ? Non ?

—Oh ! Loin de moi cette pensée, Maxime ! Voyons ! Oui, Lola est une amie que je vois de temps à autre. C'est une longue histoire, mais ça va sacrément nous aider ! Oui, sacrément… Lucie et Emilio… Merde, ils sont morts…

Je secoue la tête de droite à gauche, puis de gauche à droite… Non, non, non ! Ce n'est pas possible ! Mes amis…

Je me reprends, et relève la tête.

—Tout le monde a fini sa bière ? Alors, allons-y !

—Ne vous inquiétez pas, on les a payées, et votre jus de fruit aussi ! ajoute Thomas. Pendant que vous comatiez…

—Arrête, lui lance Léa. Faut l'excuser, il est susceptible.

—Ouais, c'est bon…

Je suis abasourdi. Je fais un peu le fanfaron, mais je suis vraiment choqué par la disparition, semble-t-il, de mes amis, disparition funeste… J'en suis attristé, dévasté, et pourtant, je ne réussis pas à prendre conscience de cette détresse. C'est difficile à expliquer. Je suis tellement choqué que je suis dans un état quasi de sidération.

—Où ? questionne Maxime.

—Où quoi ? Ah ! Où va-t-on ? A Malaga, mais avant on passe près de la maison de mes amis, enfin de Lucie et Emilio. Puis, nous irons voir Lola, enfin l'Inspectrice Garcia…

—Vous la connaissez d'où ? demande Maxime.

—Je vous l'ai dit, c'est une longue histoire…

—On part pour plusieurs jours ? ajoute Léa.

—Oui, j'aurai de quoi vous loger. Des copains me prêtent une grande maison. Ils quittent systématiquement Malaga pendant la Semaine sainte. C'est trop bruyant et agité pour eux. Mais d'abord on passe chez vous, je suppose ? A la résidence universitaire de Séville ?

—Oui ! répond Thomas.

—Quand on y sera, vous aurez dix minutes pour mettre dans un sac de quoi tenir cinq à six jours. Ensemble, nous pourrons réfléchir à cette affaire.

—Mais pourquoi allons-nous à Malaga même ? On ne sait pas où se sont passés les meurtres ?

—Parce que Lucas et Emma seront à la Semaine sainte ! Quoiqu'il arrive, ils seront aux processions ! Jamais ils ne les ont manquées !

Nous allons chez mes amis d'abord, enfin à leur local, dans un des villages blancs de la montagne, au Nord de Malaga.

—Comment pouvez-vous être sûr qu'ils seront aux processions ? questionne Léa.

Je me sens revigoré. J'ai besoin d'occuper mon esprit, de faire preuve de réflexion, de logique pour démêler cette affaire. Ma matière grise doit être en action. C'est comme cela que je me sens vivant ! C'est ça mon trip ! Mon trip c'est de cogiter.

J'ai soif, bon sang, j'ai soif !

—Pourquoi suis-je certain qu'ils seront aux processions ? Parce que… Parce que… c'est une longue histoire…

Et j'éclate de rire. Ces jeunes me font du bien ! Je ne consulte pas de psy mais résoudre des affaires c'est tout comme pour moi. Un jour, il faudra que j'y pense… pourtant… On ne peut pas traîner des valises toute sa vie…

Cette longue histoire, je voudrais la raconter, mais je la garde pour moi.

Mat ! Pense uniquement à ces jeunes, à tes amis et leurs enfants. Tu peux aider à dénouer cette affaire, et peut-être sauver ce qui peut l'être… C'est une action qui peut te permettre de t'absoudre. Sans doute. Sans aucun doute, devrais-je dire !

Emma et Lucas ! Je ne veux penser qu'à eux…

Chapitre 4

Quelque part dans la campagne, près d'un village blanc entre Séville et Malaga

—Tu vas parler, salope !

Le gars qui interroge décoche un puissant coup de poing sur la mâchoire de la femme. Celle-ci, sous cette décharge de haine, s'écroule, entraînant avec elle la chaise sur laquelle elle est maintenue. Il y en a des heures de musculation derrière cette violence, pense-t-elle, stoïque !

Car, elle, cllc s'est entraînée à recevoir des coups ! Pas de bol, mon gars ! pense-t-elle, satisfaite.

L'acolyte de la brute repositionne la chaise, sans le moindre effort. Il est costaud, baraqué comme pas possible, avec des avant-bras puissants et des mains énormes…

—Donne-lui à boire, Ignazio !!!

Ignazio s'exécute. Il se saisit d'un seau d'eau qui est à ses côtés, et balance tout le contenu sur la tête de la pauvre femme !

—Tiens ! De l'eau bien fraîche ! rétorque-t-elle.

La femme s'ébroue, suffoque, mais reprend place sur sa chaise, bien droite, digne dans sa posture, solide et impressionnante dans son silence. Elle semble déterminée et prête à subir les pires atrocités…

Elle ne parlera pas. Elle l'a promis lorsqu'elle les avait vus rentrer dans leur labo. Elle savait pourquoi ils venaient. Elle sait aussi pourtant que son mari est ligoté, et que, bientôt, ce sera son tour. Le fait qu'il se taise l'incite à faire de même. Tout simplement. La complicité…

Ils se doutaient tous les deux que cette situation pouvait arriver un jour ou l'autre. Ils y avaient mûrement réfléchi. Ne rien dévoiler, quoiqu'il arrive, quoiqu'ils subissent. Certaines informations valent largement la souffrance et la mort. Celle-ci faisait partie de ces ultimes graals à protéger. Ils sont prêts, théoriquement prêts... Ils ne diront rien, du moins d'important. Tout est planifié dans leurs esprits organisés… Des années, jour après jour, à échafauder des stratégies, à endurcir son corps, à… Elle sent les mains de son gardien s'appesantir un peu plus sur ses épaules. Cela lui fait mal. Elle revient à la dure réalité de cet instant : la souffrance va s'installer en elle et son mari, la barbarie sera dans leur maison…

—Tu sais, tu peux te taire autant que tu veux, Lucie ! N'empêche que l'on vous a trouvé finalement. Même cachés dans cette pampa de mes deux ! D'ailleurs, ici, ça ressemble plus à un laboratoire qu'à une maison… Non ? Donc, on est au bon endroit ?

Renzo sait que son accent italien est prononcé, mais il ne le dissimule pas. Pour quelqu'un qui s'y connaît, son accent est sicilien, très ouvert, traînant sur la première syllabe de chaque mot… Il sait que cela a souvent un effet déclencheur de crainte, et que cela facilite les confidences. Il est fier de faire partie de la famille de Don Gustavo Lombardo, dit Lupu, le loup, en référence à sa férocité et à son intelligence meurtrière. Lupu est son père. Dans le réseau qu'a créé la Pieuvre, l'autre nom de la mafia sicilienne, le clan Lombardo est reconnu comme redoutable. Renzo en est très fier…

Pas très grand, il est cependant impressionnant. Ce n'est pas la taille qui compte n'est-ce-pas ? Son visage semble coupé à la serpe. Sa chevelure noire et ses sourcils épais renforcent son sourire diabolique. Un sourire empreint de cruauté. Renzo n'est pas un tendre.

—Tu sais que je suis Sicilien… ajoute-t-il justement.

Lucie crache sur ses pieds.

Instantanément, elle reçoit autre coup de poing.

Elle ne montre rien … même si elle l'a senti passer ! Elle s'y attendait et s'était contractée. Plus de vingt années de musculation et de gainage sont passées par là ! Elle a toujours entretenu son corps, encore plus après leur découverte et l'intuition qu'ils ont eu de ce moment présent. Tiens, tiens, il a son petit amour-propre le Sicilien ! Elle en a maîtrisé des dominateurs dans sa vie. Mais, lui, il n'a que peu de retenue. Elle va souffrir ! Elle s'en doute.

—Sale pute ! Tu sais quoi ? A chaque question que je te poserai, si tu ne réponds pas, nous allégerons ton homme de quelque chose…

Lucie se prépare mentalement… Elle est certaine qu'Emilio fait de même. Elle sait que maintenant, cela va monter d'au moins un cran. Elle aurait préféré que ce soit elle la première à monter cette marche. Le chemin de croix va commencer par son mari… Intérieurement, elle pleure. Extérieurement, elle reste de marbre. Ne rient montrer. Se contrôler.

Un troisième homme s'approche d'Emilio, une trousse à outils à la main. Il l'ouvre, en sort un tablier et l'enfile. Puis, il saisit une grosse cisaille. Il fait signe à un quatrième homme d'ôter les chaussures du futur supplicié.

Emilio ne bouge pas, au contraire, il présente l'un après l'autre, ses deux pieds. Faire en sorte de ne pas dépasser l'heure fatidique de 17h… Telle sera désormais sa mission, leur mission.

Hélas, il est juste un peu plus de 16h30… Il faut que Lucie réussisse à déclencher l'alarme avant 17h, et que l'on en finisse avec ce calvaire. La situation n'est pas favorable pour le moment. Mais Emilio a confiance en son épouse. Elle réussit toujours à maîtriser ses émotions, ses peines, ses douleurs. Elle lui a appris à en faire autant. Il va mettre tout en œuvre pour rester maître de lui et que ces cons s'énervent plus vite et commettent une erreur. Un plan simple, mais terriblement difficile à tenir. La douleur est souvent mauvaise conseillère.

—Où avez-vous caché la découverte que vous avez faite ? Lucie, dis-le-nous ou ton mari va souffrir !

Lucie tourne la tête vers Emilio et cligne deux fois des yeux. Le message est clair pour son mari : « je vais gagner du temps, tiens bon, c'est parti ! ». Combien de fois répétés ces deux clignements, combien de fois imaginés. Là, on y est, hélas ! Elle se retourne et s'adresse pour la première fois depuis le début de l'interrogatoire au chef de la meute.

—Tu ne t'es pas présenté, bel étranger ! dit-elle d'une voix suave, provocante, et parfaitement dédaigneuse…

Renzo semble surpris.

—Renzo, Renzo Lombardo. Ton tortionnaire aujourd'hui pour te servir ! Voici Matteo, en désignant du menton le troisième homme devant Emilio.

Sur ce, Renzo hoche la tête à son intention.

Lucie tourne vite la tête vers son mari, elle se doit de le soutenir. Il la regarde droit dans les yeux tandis que Matteo approche la cisaille du gros orteil droit, l'enserre et des deux mains la referme. L'os craque, l'orteil tombe au sol, le sang gicle. Emilio bouge peu mais des larmes coulent de ses yeux. Il sue à grosses gouttes, ses mâchoires sont serrées, tellement serrées qu'il pense qu'il va se les briser…mais il ne dit rien, n'émet aucun son… aucune plainte. La douleur est tellement forte qu'il a déclenché un réflexe de blocage. Lucie lui a appris, c'est le cerveau le récepteur …. Il suffit de le contrôler, de penser à autre chose, de penser positif. Il y est presque. Mais il a compris qu'il ne pourra pas tout maîtriser. Il a conscience du sang qui s'échappe…

—Tu es costaud sur ce coup - là Emilio ! s'étonne Renzo. Lucie, continuons nos questions…

Lucie doit le déconcentrer pour pouvoir se déplacer vers la cheminée ! Quelle heure est-il ? Elle ne le sait pas… Elle ne voit pas l'horloge. En revanche Emilio l'a à sa droite, donc de temps en temps, discrètement, il peut connaître l'heure. Elle va se fier à ses attitudes, lui faire confiance. Tout est calculé. Tant qu'il tiendra le coup, il faudra qu'elle en fasse autant. S'il tient le coup, s'il ne dit rien, cela signifie qu'il n'est pas l'heure… Puis, il leur faudra encore deux à trois minutes, les dernières, pour déclencher le signal ! De toute façon, le couple a compris que c'est bientôt la fin. La fin du chemin.

Lucie va faire monter la pression, et l'énerver, ce roquet !

—Tu sais quoi, Renzo, toi et tes copains… Allez au diable ! L'enfer, c'est pour vous !

Cette fois-ci, le ton de Lucie a changé…
Sa voix est cassante, lapidaire, hargneuse !

—Tu veux jouer à ça, ok ! Vas-y Matteo ! A ton
bon plaisir !

Matteo conserve la tenaille dans ses mains
mais change de pied. Il lève la tête et observe
Lucie. Elle détourne son regard vers son mari, et
cligne quatre fois des yeux, le code ultime. Cela
perturbe Matteo, il se redresse, perplexe… Il ne
comprend pas, mais se doute qu'un message est
passé entre les époux. Il passe son regard de la
femme à son mari. Qu'est-ce que cela signifie ?

Emilio interpelle Matteo, car il a compris
le code envoyé par Lucie, à savoir, provoquer son
bourreau. Il ne sait pas pourquoi, mais il lui fait
une absolue confiance :

—C'est tout ce que tu as dans le ventre, petit
Matteo ! Finissons-en, Sicilien de mes deux !

Matteo s'agenouille, saisit la cheville
droite, lève la tête vers Lucie qui fixe son mari, et
sectionne en une fois le tendon d'Achille, un
large sourire aux lèvres…

Cette fois-ci, Emilio hurle, geint, roule la
tête dans tous les sens… Son pied semble pendre,
le sang gicle encore.

—Vas-y, raclure ! Amuse-toi ! Fais-moi mal ! J'aime ça, je suis maso ! Allez ! Petit Matteo ! lance en défi Emilio.

Il gémit, il a mal, il souffre. Dans un souffle, il harangue encore son bourreau :

—Détache-moi et en moins de dix minutes, je t'éclate et te découpe en morceaux !

Renzo voit Matteo changer d'outil et prendre un scalpel en s'approchant du visage de son désormais jouet… Il sait que plus rien n'arrêtera son lieutenant. Le sadisme chez lui n'a pas de limite… Si ! La limite de son plaisir, mais surtout de sa fidélité au clan, et surtout à lui, c'est-à-dire… aucune limite !

—Stop Matteo ! Lucie, nous savons que vous avez effectué des recherches et que vous avez découvert, par inadvertance, quelque chose qui nous intéresse. Nous sommes bien informés. Alors, donne-nous les documents ! Sinon…

Renzo et ses hommes éclatent tous de rire en même temps. Ils savent que leur patron va monter de plusieurs crans dans la violence, et ils aiment ça. Lucie en a la chair de poule. Elle comprend que les limites vont être atteintes. S'entraîner, certes. Mais, là c'est la réalité. Son regard croise celui de son mari. Elle y déverse tout son amour, sa passion mais aussi toute sa détermination…

—Donne nous cette formule, sale pute ! Tu vois, on sait bien ce que l'on cherche ! s'énerve le chef de meute. Sinon Matteo va continuer à faire joujou avec ton homme !

Matteo approche le scalpel de l'œil droit d'Emilio, et lui plante en plein centre, en prenant plaisir ensuite à le triturer dans tous les sens… Emilio crie, hurle à la mort. Sa souffrance est atroce. Dans un souffle, il crie à Lucie :

—Je t'aime, je t'aime, je t'aime !

Lucie comprend le code. Il faut donner l'alarme en trois minutes, si, on veut qu'elle soit vue au bon moment. Elle va jouer le tout pour le tout :

—Je ne veux pas mourir, je ne veux pas souffrir, s'il te plaît Renzo ! La formule est cachée dans la cheminée, derrière-moi. Je dois désactiver la sécurité sinon elle va se détruire. Je te promets que je vais te la donner !

Renzo la regarde, hésite.

—Renzo, je veux vivre ! Je ne ferai rien d'insensé. Tu m'as à ta portée. Ton lieutenant peut s'approcher avec moi, si tu doutes de moi !

Je te dirai ce qu'il faut en faire de cette formule ! Je t'expliquerai tout. N'oublie-pas qu'à la base, je suis chimiste et biologiste, avant d'être archéologue.

—Je sais, je sais !

Renzo hésite encore quelques secondes, puis prend la décision de la détacher. Il est convaincu. Que peut-elle faire de toute façon ? Une fois la formule en main, les explications données, s'il juge cela utile, il laissera de toute façon ses hommes s'amuser avec elle… Il faut bien évacuer la pression !

Il fait signe à son compère de la laisser aller à la cheminée.

—Reste près d'elle quand même, on ne sait jamais !

--A la moindre connerie, je lui brise le bras ! Compris ? renchérit Ignazio

Les longues plaintes de douleur de son mari lui déchirent le cœur mais la transcendent.

Elle franchit les deux mètres qui la séparent de la cheminée où elle appuie fortement sur une brique, trois fois, et crie :

—Emilio, ça y est ! Emilio ! C'est fait !

Ensuite, elle passe la main profondément sous la poutre décorative, saisit un objet, et décoche simultanément un violent coup de pied dans les parties intimes de son agresseur qui la lâche sous l'emprise de la douleur... Elle se souvient des tendres moments où elle répétait ce geste avec Emilio, et les parties de fou rire par la suite, s'imaginant porter le vrai coup, alors que la simulation dans ce cas était de mise… Emilio ! Avec une des deux fléchettes qu'elle a prises dans la cheminée, elle vise justement son mari en lui hurlant :

—Je t'aime !!!

Elle s'est tant entraînée à cela tellement de fois qu'elle est sûre de le toucher. La mort sera instantanée avec le cocktail de poisons qui enduit la pointe… Ce n'est plus le mannequin trimballé de droite à gauche dans la pièce pour effectuer l'entraînement, tantôt lui, tantôt elle… Au cas où… Elle l'avait tellement dit !

Lucie se plante immédiatement la deuxième dans le cou. Elle connait exactement l'endroit adéquat.

En à peine cinq secondes, ils quittent ce monde avec regret mais en paix. Leur terrible secret part avec eux… Un sacrifice utile… Du moins l'espèrent-ils …

Renzo et sa troupe regardent cette scène, la bouche bée, incrédules…

Cela ne leur a servi à rien !

………………………

A peine deux minutes plus tard, à un kilomètre de là, en pleine forêt, par un chemin maintes fois emprunté, loin des sentiers battus, deux jeunes arrivent près d'une grosse pierre recouverte de mousse. Comme à chaque fois, la fille répète le rituel établi par ses parents : elle baisse la tête et soulève délicatement le carré de mousse découpé et bien dissimulé. Mais cette fois-ci, elle reste à cet endroit, pétrifiée.

—Emma, tu fous quoi ? Les parents nous attendent, tu sais bien qu'ils sont pointilleux sur les horaires. Il va falloir courir encore ? Tu sais…

—Lucas, le signal ! Le signal, bon sang !

Lucas s'approche de la pierre, passe la tête au-dessus, et voit effectivement une lumière rouge qui clignote, sous le carré de mousse découpé…

—Merde ! Emma, quelque chose de grave est arrivé aux parents ! C'est rouge… On doit décamper vite fait ! Fuir, loin, et ne jamais revenir ! C'est la consigne…

—Mon Dieu, Lucas, les parents…Tu crois qu'ils sont…

—On se posera les questions après… Souviens-toi de ce que nous a dit papa : pas plus de deux minutes à la pierre, puis on file vers le nord, jusqu'à l'arbre plié. Là, en creusant, on trouvera deux sacs à dos enfuis dans la terre avec les consignes !

—Je sais, je sais ! dit Lucie en essuyant ses larmes du revers de la main. Mais c'est dur… Et si c'était une erreur ? Si c'était un court-circuit ? On file comme ça, alors ? Sans un au revoir ? Je ne peux pas…

—Si tu peux ! Si on peut ! Toute notre enfance les parents nous l'ont répété... « Ce sera l'acte le plus courageux de toute votre vie ! » Emma ! On y va…

Emma s'exécute. Avec Lucas, ils se retournent, et, d'un pas décidé, s'en vont en direction du nord, vers l'arbre plié, conscients qu'ils quittent leur ancienne vie…

Ils suivent leur destinée… Ainsi leurs parents les ont éduqués… Ainsi leurs parents en ont décidé….

Chapitre 5

Malaga

Aujourd'hui, nous sommes le dimanche des rameaux, premier jour de la Semaine sainte durant laquelle, dans toute l'Andalousie, se déroulent des festivités. Passion, tradition et ferveur embrasent alors Malaga, un haut lieu de cette semaine. La première procession, la Pollinica, s'étant déroulée ce matin, l'effervescence est déjà à son comble.

Je suis attablé à la terrasse d'un bar en dehors du centre. C'est animé, mais moins qu'en plein centre. Un peu de calme me fera le plus grand bien.

Je viens de déposer les jeunes dans la villa où je loge. Ils ont été ébahis par la beauté et la superficie du lieu. C'est sûr que cela n'a rien à voir avec les chambres universitaires ! Comme ce sont les vacances, ce sera un sacré changement !

Il leur faut bien cela pour les remettre de leurs émotions ! Et je ne suis pas peu fier d'avoir été ainsi la vedette de ces lieux !

Je me remémore alors les événements des heures précédentes.

Tout d'abord, en roulant vers la maison de Lucas et Emma, en ce début de soirée, j'avais vu, au loin, de la fumée qui montait au-dessus des arbres. Bizarre. On est au printemps, du feu dans la cheminée ? C'est pourquoi, arrivés à cinq cents mètres de notre destination, j'avais demandé aux étudiants de rester dans la voiture. La forêt est dense pour accéder à leur demeure, mais je connais les lieux par cœur. En approchant, je ne doutais plus que la cheminée fumait, effectivement, mais une drôle d'odeur s'en dégageait. Aucune voiture aux alentours. Etrange… Mon instinct m'indiquait qu'un drame s'était produit.

Je m'étais rapproché de la demeure, une jolie petite villa, plus de style champêtre qu'andalou.

Mes sens étaient en alerte tandis que je tournais lentement la poignée de la porte……

Une odeur suffocante et désagréable s'exfiltrait au travers des minuscules interstices de cette dernière.

Rien ne m'avait préparé à l'horrible scène devant moi. En une fraction de seconde, l'œil du criminologue a tout décelé. Emilio mort, ensanglanté, attaché sur une chaise…Ses pieds amputés… Son visage défiguré mais paradoxalement empreint d'une certaine sérénité…Le visage de Lucie tuméfié et défiguré… Son corps à moitié carbonisé se consumant dans l'âtre…. Quelle horreur ! Quel spectacle hallucinant !

Je ne pensais alors qu'à une seule chose : la déplacer, c'est pourquoi je n'ai pas entendu la porte s'ouvrir. Hélas…

Maxime ! Maxime se trouvait dans l'embrasure, saisissant en un instant cette scène horrifique ! Je n'ai même pas eu à lui dire de sortir, qu'il se retournait, bras écartés, et repoussait ses amis…

—Non, non, restez dehors ! C'est l'enfer là-bas ! Non Thomas ! Emmène Léa à la voiture ! Je vous rejoins…

Maxime eut juste le temps de s'éloigner un peu qu'il vomissait déjà toutes ses tripes.

Je regardai une dernière fois la scène de crime en quittant les lieux... Il ne fallait pas que je pollue trop l'espace. J'y fis attention, mais…

En sortant, près de la porte d'entrée, une paire de gants en cuir bleu foncé, manifestement de bonne facture, attira mon attention. Elle vint s'ajouter dans ma poche d'imperméable au petit bracelet en cuir que j'avais vu au sol près de la chaise où s'était certainement trouvée Lucie dans un premier temps. Je ne peux pas empêcher mon instinct de criminologue de guider ma conduite. Cela me serait utile, j'en étais persuadé…

En rejoignant ma voiture, deux choses m'intriguaient... Les jeunes avaient parlé du meurtre des parents de leurs amis à la police, alors que la scène de crime était encore intacte à notre arrivée, et qu'aucun membre de la police ne s'en était manifestement mêlé… D'autre part, Thomas et Léa, dans le chemin, m'avaient questionné :

—On est où ?

Je ne leur avais pas répondu, déjà préoccupé à imaginer ce que je risquai de trouver. Ils ne semblaient pas connaître cette maison … C'est fou ça ? Alors là, il faudrait que j'aie une explication avec les trois étudiants, et une sérieuse entrevue avec Dolorès…

Le voyage jusque Malaga se fit dans le plus grand mutisme. Nous étions entrés rapidement dans les faubourgs, puis dans le cœur du centre, que, très vite, je dus éviter, au vu de la circulation très dense. Enfin arrivés à destination, après quelques tours et détours, je leur dis :

—On reparle de tout ça demain matin au petit déjeuner. J'ai des questions à vous poser, et je dois voir l'Inspectrice en charge de l'affaire.

—Le temps de nous emmener à l'endroit où on loge, et que vous repartiez, il sera environ 22h… Vous allez voir la police à 22h ?

—Pas la police Léa, mais Dolorès… l'Inspectrice, dit Thomas en ricanant.

J'ai souri en observant dans le rétroviseur Thomas et Léa... Quant à Maxime, installé sur le siège passager, son visage était livide, ses mâchoires serrées. Il regardait droit devant lui.

Une voix m'interpelle soudain m'éloignant de mon flash - back et me ramène à la réalité du moment :

—Mat… Mat !

C'est alors que je vois Dolorès, mon amie de toujours, droite comme un i, devant moi. Ses longs cheveux bruns retombent élégamment sur ses épaules nues et sa poitrine généreuse à faire damner un saint. Une jupe courte, bien au-dessus du genou, dévoile des jambes musclées, waouh… Quelle superbe femme ! Mon amie…

Chapitre 6

—Dis-donc, tu étais parti loin Mat !

—Ouais, mais comme d'habitude tu es venue me
chercher, dis-je en éclatant de rire et en me levant
pour l'embrasser.

C'est elle, d'ailleurs, qui me prend dans
ses bras. Elle est un peu plus petite que moi.

Comme à l'accoutumée, elle m'étreint
fortement, et me fait trois bises.

—Toujours trois ! lui dis-je, la tenant par les
épaules et la regardant de bas en haut. Dis-donc,
tu es superbe ! C'est un critère de recrutement
dans la police espagnole ? Je ne connais pas de
flic aussi belle que toi !

—C'est peut-être que tu ne connais que moi !
pouffe-t-elle.

—Assieds-toi Dolorès, vas-y, assieds-toi, s'il te plaît.

—Oh oui, je vais m'asseoir ! Je ne vais pas rester debout à te contempler même si tu es bel homme, Mat ! La classe ! Peut-être un peu maigri… Tu vas bien ? Des soucis, du stress ? Tu…

—Hep, hep ! C'est un interrogatoire que tu me fais là ?

—Non, mais à dire vrai, je te trouve fatigué et surtout amaigri. Tes traits sont tirés. Tu ne dors pas beaucoup toi…

—Non, c'est vrai. Tu sais, presque deux ans qu'Amber et moi sommes séparés… et c'est toujours aussi douloureux… Nous étions si heureux !

—Ah, Mat ! Romantique à souhait et bien naïf aussi ! C'est terminé, votre couple c'est du passé ! Que veux-tu ? La reconquérir ? Changer au point de devenir comme elle veut que tu sois ? Reste comme tu es, Mat, tu es parfait ! Pense plutôt à faire le bonheur d'une femme au cœur libre !

—Arrête ! Tu sais bien que je l'aime comme au premier jour ! Je veux que tout redevienne comme avant !

—Avec de telles pensées, tu m'étonnes que tu ne dormes plus et que tu maigrisses ! Tu te tapes la tête contre un mur à longueur de journée. A l'occasion, elle a quelqu'un d'autre. Tu t'es posé la question ?

—Cela m'est insupportable Dolorès, insupportable… Allez, stop, changeons de sujet !

—Je suis ton amie, ta meilleure amie, n'est-ce pas ?

—…

—N'est-ce pas, Mat ?

—Oui, bien sûr.

—Alors il faut que tu entendes ce que j'ai à te dire, et que tu le prennes en considération. Trouve-toi une femme qui t'écoute et t'apporte toute son affection et son attention. Trouve-la !

—Bon ! Dolorès ! J'ai un autre gros problème.

—Je me doute … La présumée mort de Lucie et Emilio…

—Présumée ? Tu déconnes ou quoi ?

—Ce n'est pas parce que les copains de leurs enfants t'ont contacté pour te dire qu'ils sont morts, qu'ils le sont en réalité. On est allé voir chez eux. Rien de spécial. Ils sont peut-être partis en voyage, et…

—Tu blagues ? Vous ne voyez pas clairs ou quoi ? Vous êtes passés à quelle maison ?

—La leur, celle aux abords du centre de Malaga, en provenance de Ronda.

—Ah !!! Pas celle des bois ?

—Les bois ?

—Lola, ils avaient une petite maisonnette dans les bois qui était comme leur laboratoire personnel de recherches, tu vois. Tu sais, dans la forêt où nous allions nous promener, près de la ferme de ton oncle Paco ? Je sais qu'ils avaient aussi leurs bureaux à Séville, mais là, c'était leur véritable chez eux. Dolorès ! J'y suis passé, c'est un carnage !

—Nous ne le savions pas… Pour nous, aucun autre domicile connu à leur nom. Oh mince ! A l'occasion, ils l'ont mise au nom de leur société ou de leur patron ! Dis-moi où cela se trouve précisément ! Comment a-t-on pu louper cela !

—Je t'envoie les coordonnées GPS. Tu sais quoi ? Vous n'avez pas pris cela au sérieux parce que ce sont des jeunes qui sont à la source de l'information. Pas assez crédibles pour vous ! C'est un défaut récurrent dans toutes les polices ! Une information, d'où qu'elle provienne, mérite toujours d'être vérifiée et approfondie. Erreur de débutante, Madame l'Inspectrice ! Erreur de débutante !

—Oh, ça va, Monsieur le profileur ! peste mon amie.

Je remarque qu'elle est très en colère, mais pas envers moi, mais bien envers elle. Ses yeux sont d'un marron incendiaire, ses mains sont crispées, ses jambes sont continuellement agitées de tressautements. Il faut que je fasse retomber la pression. Elle s'en veut … car c'est une erreur commise sous sa direction…

A ce moment-là, la barmaid vient lui demander ce qu'elle souhaite boire.

—Un Black Russian on the rocks ! dis-je à sa place.

Je la vois sourire et me proposer sa main pour un tcheck, ce que je fais d'emblée. Elle va mieux !

La jeune femme prend la commande. Je la regarde partir, les pensées ailleurs. Amber est-elle en ce moment à une terrasse avec quelqu'un qui commande à sa place sa boisson préférée ?

—Hé ? Tu lui mates le cul ou je rêve ?

—Tu rêves ! J'étais parti dans mes pensées…

—Pas avec ton ex j'espère, parce que sinon je vais me vexer !

—Bé non, sur cette affaire… Il faudrait envoyer quelqu'un immédiatement, enfin je veux dire, une équipe. Tu vas savoir rattraper le coup ?

—Oui, t'inquiète ! Et les jeunes, ils sont où ?

Je lui explique dans les grandes lignes ce que nous avons fait depuis la conférence. Je lui donne les détails de ma découverte macabre. Elle blêmit et ajoute :

—Des pros !

—Oui, je pense.

—Bon, je te laisse. Je dois accompagner mon équipe. Merci pour les renseignements ! Tu ne te mêles pas de cette affaire, ok ! Je sais que ce sont des amis proches, et que c'est difficile pour toi, mais il ne faut pas intervenir. Laisse-nous faire notre travail. Tu n'as pas pollué la scène de crime au moins ?

—Tu me connais !

Je sais que mentir à une amie n'est pas des plus honnêtes, ni même des plus élégants, mais dans cette situation cela m'est apparu comme une évidence ! Je n'ai pas les mêmes méthodes de travail que la police. Leur approche est trop académique. J'enfuis instinctivement alors la main dans la poche de mon imperméable au dos de ma chaise : l'enveloppe plastique contenant les gants bleus et le bracelet en cuir y sont toujours. Ouf !

—Non ! Je paie ! tonne Lola en faisant signe à la barmaid.

Cette dernière arrive promptement près de la table. Lola la paie et lui laisse un bon pourboire.

—Dis-donc ! Tu gagnes bien ta vie toi !

—Qu'est-ce que tu crois ? Je fais des heures sup ! rajoute-telle en se levant, et en se penchant vers moi, elle me murmure :

—Tu ne la regardes pas ? Depuis le temps, ça doit te démanger, non ? Allez ! Laisse-toi aller !

Je suis gêné, mais réussis à répondre, le plus calmement possible :

—File donc, jeune fille ! File ou tu vas voir ce qui va se passer !

—Ne promets pas ce que tu ne peux tenir…A la première occasion, je t'y ferai penser…

Chapitre 7

Temps passé : 2h

Je suis dans le coton… Je n'entends rien, si ce n'est uniquement du silence... Il est assourdissant, au point que je perçois les battements de mon cœur. Ils sont lents, réguliers, mais forts.

Je sens comme une odeur de pourriture, de mort… J'ai déjà côtoyé de nombreux morts, et c'est la même senteur. Vous me direz que je ne dois peut-être pas être bien frais… C'est vrai, mais il me reste encore du temps pour passer de vie à trépas !

J'essaie de regarder l'heure…Hé oui, en me contorsionnant doucement, j'ai réussi à passer mon bras droit sur le devant de mon corps. Cela m'a pris du temps, sans doute un peu d'énergie, mais j'y gagne en confort. Les épaules sont toujours autant serrées contre les parois. J'ai mal. Par chance, j'ai pris l'habitude de porter mes montres au poignet droit. Deuxième chance, ponctuelle pour le fait, j'ai ma montre de sport, celle qui bénéficie d'un rétro éclairage, et troisième chance, je l'ai chargé dans la nuit. Malchance, elle n'indique plus l'heure… Pourquoi ? Alors là, je ne sais pas quoi dire ! Heureusement, elle a une grande autonomie… Bien sûr, j'ai le Bluetooth, et de manière théorique, je peux envoyer des messages et appeler, mais… je n'ai manifestement pas mon téléphone portable à proximité ! J'ai essayé et rien. De plus, il faut être honnête, pour écrire, ce n'est pas top… Et enfin, je suis sous la terre ! Combien de centimètres ? C'est une inconnue que j'aurai des difficultés à estimer, c'est certain…

Bon ! Je ne vais pas faire la fine bouche. C'est un atout cette montre. Elle m'a permis de jeter un coup d'œil sur ma prison que je n'espère pas éternelle ! M'étant habitué à l'obscurité, j'ai pu distinguer le vieux bois râpé, des fentes entre les lattes, des morceaux qui semblent pourris. Prêts à s'effondrer. C'est par ces endroits que la terre passe de temps à autre. Quand je m'agite, par exemple. C'est sans doute ce qui explique l'odeur : la pourriture du bois sans doute aucun. Parfois, je sens quelques bestioles qui me grimpent sur les jambes, ou me chatouillent les tempes. Ces sombres amis du souterrain, de l'enfoui, de la terre profonde… Ils ne me dérangent pas. J'ai toujours joué avec les insectes dès mon plus jeune âge. Pas d'aversion particulière. Dans la situation dans laquelle je me trouve, je me dis que ce sont des compagnons d'infortune, et quand le moment sera venu de lâcher l'affaire, ils me réciteront le De profundis, cette prière pour les morts, récitée lors de l'enterrement… Pour moi, ce sera déjà fait !

Je commence sérieusement à m'inquiéter. Parce que je ne m'inquiétais pas avant … Non ! Tu parles ! Bref, oui je m'inquiète car un souci supplémentaire m'est apparu, dirons-nous : de l'eau qui commence à suinter par ces fentes. Parfois, ça dégouline véritablement, en petits filets de boue. J'en ai pas mal sur mon visage. Elle semble glisser sur mon imperméable, et donc se concentrer en de petites rigoles. J'analyse la situation. Une raison possible : il pleut fort, genre orage, et la pluie s'infiltre. Ce qui veut dire que la terre au-dessus de moi est meuble. On vient donc de creuser le trou il y a peu de temps. Je ne dois pas avoir plus d'un mètre, un mètre et demi au maximum de terre sur la boîte... Je ne suis pas dans une ancienne tombe, c'est déjà ça ! Pas de béton… Une tombe ? Encore faudrait-il que je sois dans un cimetière… Hé oui ! Si je suis en plein centre d'un champ, ou d'une oliveraie, je peux attendre longtemps que quelqu'un passe ! D'un autre côté, si je suis dans un cimetière, je ne pense pas que grand monde s'y promènera… Choisir la peste ou le choléra ? Se couper un bras ou une jambe ? Peu m'importe finalement, car à ce rythme, je vais finir… noyé… Mon dos est tout trempé, non seulement de sueur, engoncé que je suis dans mes vêtements, mais je suis littéralement dans un lit d'eau et de boue, de quasi dix centimètres, je pense, et cela semble s'être infiltré sous mon imper par l'encolure ! A ce rythme…

Je mise sur un orage, à cette période. Il n'y a que quatre à cinq jours de pluie par mois. Donc, j'opte pour cela : orage. Ce sera plus calme dans quelques minutes, donc. Je ne crèverai pas dans la vase. Je crèverai étouffé, sans oxygène ! Voilà qui est mieux ! Plus digne ! Mais quel con je fais ! Les rêveries du profileur solitaire !

Que faire ? Ouvrir le couvercle : impossible, car trop de terre. Appeler quelqu'un, Impossible car mon téléphone est… ? Où ? Entre les mains de mes tortionnaires, sans doute aucun.

Quelques images me reviennent subitement. Je suis dans un cimetière. J'ai un flash de m'être cogné contre une tombe, non, du béton que j'aperçois en tombant… Oui, c'est cela ! Un trou était déjà creusé dans la terre. Un bon mètre de profondeur pas plus… Disons que mon cercueil fait à peu près une cinquantaine de centimètres de hauteur, moins même, j'en déduis que j'ai environs quatre-vingts centimètres de terre au-dessus de moi. J'aime bien visualiser…Maintenant, j'imagine bien où je me trouve. A la fois pas trop loin de la surface, mais quand même… Le verre à moitié vide ou à moitié plein… Je préfère plein tant qu'à faire...

Je me souviens que l'on m'avait poussé vers le trou. Il n'y avait pas de cercueil dedans. Quelqu'un en avait mis un vieux juste avant de m'y faire tomber, dos d'abord. Bien Mat ? Et ? Tu fais quoi de ces données, je ne sais pas… Je verrai plus tard, enfin…après, dans quelques minutes… je suis un peu pressé ! Et toutes ces images restent floues !

Un gars grand, avec un cou de taureau, qui n'arrêtait pas de me frapper avec ses mains comme des battoirs. Je m'en souviens et mon visage et mon corps également. Ensuite, honnêtement, je ne suis plus sûr de ce que j'entrevois. Il me semble qu'il n'était pas si grand, pas inconnu, surtout… Il ne m'avait pas tant frappé… finalement… Je perds la boule !

L'autre ! Impressionnant avec son air diabolique, ses dents pointues visibles quand il sourit. Un sourire malsain ! Un accent…sicilien… Oui, c'est cela, je pense même de Palerme. J'ai étudié, dans une période où je planchais sur un meurtre, les différents accents italiens. Puis, les différents accents siciliens, car il semblait que les criminels venaient de cette île.

Un mafieux, Oui, sans doute aucun. Un gars de la mafia. Un chef !

Prizio… Non, ce n'est pas son prénom… Je l'ai entendu… Concentration maximale Mat ! Oh merde, il faut que je me concentre… Du calme. Reno ? Non… Rezo !

Non ! Je l'ai : Renzo ! Renzo de la famille Lombardo. Les célèbres Lombardo, d'une férocité atroce… Un des clans les plus terribles.

Renzo… tout un programme à lui seul !

Et l'autre ? Qui donc… Connu ou inconnu ? J'ai rencontré tant de crapules !

Chapitre 8

Federico et Ignazio se baladent dans la rue principale de Malaga, la calle Larios. Les magasins sont tous ouverts. L'occasion est belle de remplir les tiroirs caisse. Le personnel municipal affecté aux processions, mais plus particulièrement à la préparation matérielle de cette Semaine sainte, est à pied d'œuvre. Très tôt le matin, très tard le soir… Telle est la devise.

Notamment dans cette rue qui conduit à la tribune principale, l'efficacité est de mise. Toutes les chaises doivent être disposées de chaque côté de cette artère. Les visiteurs, mais également les résidents, ont payé parfois au prix fort une place pour profiter du spectacle, si on peut dénommer spectacle cette fête sacrée, incontournable ici. L'odeur qui remonte de la rue est subtile, mêlant les produits d'entretien aux senteurs florales, les effluves de charcuterie, de viande, de churros, de pâtisserie… Malaga montre son meilleur visage dans cette pleine effervescence. Capable de tout ! Tout à l'heure la sueur humaine et les parfums odorants ou malodorants viendront ajouter une palette ultime à cette symphonie olfactive !

Les deux hommes se sont installés sur des chaises déjà préparées pour les spectateurs de tout à l'heure. Bien entendu, elles sont réservées et attitrées. Bien entendu, nul, sauf ceux qui les ont louées, ne peuvent s'y asseoir. Quand des personnels municipaux sont venus les inviter à s'en aller et à laisser les chaises vides puisque les processions ne commençaient pas encore à cette heure, avec une verve toute sicilienne, puis quelques billets verts que tout le monde connaît, Ignazio et Federico ont su se débarrasser de ceux qui allaient les gêner dans leur planque. Business is business ! Et money is money…

Ils se remémorent bien les explications de Renzo : faire le gué car les deux enfants de cette Lucie et de cet Emilio risquent de passer par ici. Pas très compliqué…à priori, si ce n'est que des milliers de personnes vont déambuler dans les rues.

Dans un premier temps, ils avaient été surpris d'apprendre que ce couple avait deux enfants. Si ça avait été eux à la manœuvre, ils auraient fait du chantage facile. Le chantage aux enfants… Un classique. Menacer les enfants est souvent payant. Renzo n'avait pas daigné se servir de cette méthode. Il ne leur en avait pas fait part tout simplement. Cela le regardait, mais bon… maintenant, il faut se coltiner cette traque ! Les enfants ont peut-être des réponses à donner à son interrogation, à savoir où est le fameux document si précieux… « Le précieux ». Parce qu'il s'agit bien d'un ensemble de documents très importants, ont-ils compris entre les mots…

Ils savent que chaque année, cette fille et son frère, Emma et Lucas, viennent à la Semaine sainte de Malaga. Renzo sent que cette année ils ne dérogeront pas à la règle, même s'ils savent que leurs parents sont morts… Or, Renzo, ce matin, avait émis des doutes sur le fait que quelqu'un ait découvert les corps, donc ces meurtres… Aucun communiqué de presse, ni à la radio, ni à la télé locale, ni dans les journaux ; Bizarre, mais cela faisait leur affaire !

Federico éteint sa dixième cigarette au moins… Cela fait deux heures qu'ils sont à planquer dans cette rue, et rien. Ils ont mémorisé le visage des deux jeunes, ils ont même les photos sur eux, au cas où. Où donc Renzo a pu se les procurer d'ailleurs ? On dirait des photos ôtées d'un cadre… Ils savent que leur complice traine au hasard dans l'avenue de la Rosaleda, assez souvent occupée par des bandes de jeunes. Renzo l'avait décidé.

—Les jeunes sont partout à Malaga ! lui avait fait remarquer notre compagnon lors de l'élaboration du plan.

Renzo s'était approché, et lui avait filé une belle baffe, quasi un coup de poing. Il n'avait pas bronché, n'avait rien dit, mais avait baissé le regard. Leur complice Dante, un prénom bien porté, savait qu'il fallait faire profil bas. Il n'en respectait pas moins son chef. Il lui vouait une adoration sans limite. Il se serait fait tuer pour lui, sans aucune hésitation. Il savait qu'il aurait mieux fait de se taire car son chef était contrarié.

—Tu as une autre remarque, Dante ? avait demandé Renzo.

—Non… chef… je suis désolé…

Dante était parti, tout penaud. Il craignait d'avoir déçu son chef… Il ferait tout pour se racheter. Quel idiot il faisait !

—Arrête de fumer, bordel ! dit Ignazio à son collègue de gué. Normalement, dans une demi-heure, Dante va nous rejoindre. On pourra bouger, et remonter vers la cathédrale et les petites rues. On ira du côté des bistrots.

—Ok ! dit Federico en écrasant sa cigarette. De toute façon, je n'en n'ai plus. Je vais aller m'en acheter. Il y a un magasin pas loin. J'arrive !

—Magne-toi, intoxiqué !

Federico s'en va, bras ballants, démarche lourde. Son dos est voûté, sa tête est constamment dirigée vers le bas. On dirait qu'il ne fait que regarder ses chaussures…

Ignazio le regarde, balançant la tête de droite à gauche. Qu'est-ce qu'il peut l'énerver quand il se comporte comme cela, nonchalant. Pourtant, il ne l'échangerait comme binôme pour rien au monde. Federico est dur au mal, sait mener une mission jusqu'au bout, il sait être patient. Il comprend les subtilités d'un plan. Il peut faire avouer à qui que ce soit quoi que ce soit… Il est terrible dans la torture. Autant physique, physiologique, que mentale.

Tout à ses pensées, Ignazio distingue malgré tout son compagnon opérer un demi-tour brusque et se diriger en courant vers lui. Il bouscule tout ce qui se trouve sur son passage, homme, femme, mais pas les enfants… Ignazio remarque que finalement, il se déplace vite, très vite !

Il est déjà près de lui.

—Ignazio, je les ai vus ! Le frère et la sœur, dit-il à peine essoufflé.

—Quoi ?

—Emma et Lucas attablés dans un recoin d'une terrasse. Je suis sûr que ce sont eux !

—Ils ne t'ont pas vu courir comme un dératé ?

—Non, sûr, je m'étais rapproché des vitrines pour courir vers toi, tu n'as pas remarqué ? Je n'étais pas dans leur angle de vue.

—Bien joué. Il y avait du monde ?

—Ouais. Mais on peut se ramener près d'eux, leur faire peur afin qu'ils fuient, et on les aura dans une petite rue ? Je suis sûr qu'ils se barreront dans ces rues.

—On peut tenter comme cela ! Allez, c'est parti !

Chapitre 9

—Lucas ! On ne peut plus rester longtemps ici. Si on nous cherche, on va se faire repérer. J'ai vu, il y a quelques secondes un gars qui a fait demi-tour à une vitesse folle et qui s'est mis à courir, je crois… Coïncidence ? Maintenant, tu vas donner le mot que tu as écris pour Maxime à Cynthia à la caisse ! Elle le verra forcément aujourd'hui. Il avait dit qu'il passerait en milieu d'après-midi aujourd'hui, quand on s'était téléphoné la semaine dernière. S'il l'a dit, il le fera ! Tu connais Max ! Allez, vas lui donner ; je me lève, j'avance un peu, et on se sépare. Moi, je passerai par le chemin habituel pour aller près de la statue de Picasso, à la place de la Merced. Ok ? Toi, tu prends le chemin le plus long, tu vois lequel ? Allez ! Les voilà ! Tu vois, ce n'était pas une coïncidence ! ajoute Emma en se faufilant entre les gens, telle une anguille.

Lucas va vite donner le billet à Cynthia, et prend la rue presque en face du café. Il a vu effectivement deux gars, pas vraiment sympathiques d'apparence, qui étaient manifestement en recherche de quelqu'un. Ils semblent bien pressés, ils ne sont qu'à une dizaine de mètres. Il a remarqué le petit geste du doigt en sa direction du plus costaud. La traque est commencée. Il va les amener à lui, pour protéger Emma.

Quelques pas plus loin, Lucas ose un regard en arrière. Le plus fort le suit, c'est sûr, mais pas l'autre. Zut ! Il a sans doute vu Emma partir aussi. Il va falloir jouer cela sérieusement…

Ils n'auraient peut-être pas dû revenir à Malaga. C'était trop dangereux, la preuve. Pourtant, ils ont des informations à donner à leurs amis. Importantes… Comment ont-ils su qui ils étaient ? Où ont-ils eu leurs descriptions, ou leurs photos ?

Un regard de côté. Merde ! Il est vraiment sur ses talons. Une petite rue à droite, puis une à gauche, et après il pourra entrer dans une courette par une des portes cochères toujours ouverte, jamais fermée à clé, juste au coin. Il connaît ce secteur par cœur. Il adore venir ici à Malaga.

Trois mètres derrière lui ! Il ne le sèmera jamais. Quoi faire ? Ne pas le conduire à Emma. Non, surtout pas. Ne pas prendre de risque. Avec leurs parents, ils avaient étudié ce genre de situation. Mais l'adversaire ne faisait pas une bonne centaine de kilos ! Et en muscles, sans aucun doute ! Faire face, se battre, gagner du temps. Dans ces rues beaucoup d'étudiants déambulent, ce sont les vacances. Peut-être qu'ils viendront à sa rescousse ?

—Allez, je le tente ! s'encourage Lucas à mi-voix.

Il s'arrête fait volte-face. Le taureau, c'est vraiment l'image que donne de lui Federico, arrive sur Lucas qui, de manière surprenante, lui décoche le coup de poing le plus fort qu'il ait jamais donné…

Rien ne se passe, si ce n'est que le jeune homme attrape instantanément un mal de chien à son poing, et que le taureau l'emmène droit contre un mur, se cogner comme une véritable crêpe… Son souffle est coupé, il s'écroule lamentablement au sol. K.O. ou presque…

Alors, il crie de désespoir et dans un ultime sursaut de révolte :

—Au secours ! Au secours ! Non, je ne veux pas ! Non, je ne veux pas coucher avec toi, vieux porc ! Non, ne touche pas mon sexe ! Non !

Instantanément, il voit bon nombre de jeunes, et même moins jeunes, s'arrêter, gronder, s'approcher du présumé harceleur. Certains essaient de le ceinturer, mais ce n'est pas une mince affaire. D'autres relèvent Lucas, et lui conseillent de filer le plus loin possible. Lucas leur dit :

—Retenez-le s'il vous plaît, je vais retourner m'enfermer chez mes parents, il ne pourra pas me retrouver ! Retenez-le, retenez-le !

—Attends ! On va l'emmener à la police ! ajoute un des « sauveurs ».

—Bah ! Viens nous aider ! Tu verras si c'est facile de maintenir un sadique en rut ! dit un autre qui s'évertue avec six autres hommes à maintenir Federico au sol, car ils ont réussi à le faire tomber.

Lucas se dépêche de fuir en courant, bien sûr, par le chemin qu'il sait devoir emprunter pour rejoindre Emma. Il se retourne. Il ne voit plus rien de la scène de combat. En trottinant, il se tient la main, toujours endolorie par le coup de poing donné. Il doit se dépêcher car il sent que le « taureau » ne va pas être immobilisé longtemps.

Il y est presque. Encore cinq cents mètres, quelques changements de rue, et ce sera fait ! Il sera de nouveau au côté de sa sœur.

Il prend une petite ruelle à gauche. Quand il a franchi le coin, il continue tout droit et tournera deux fois à gauche. Il y sera ensuite, en terrasse de café avec Emma.

Il n'aura cependant pas le temps de voir Federico déboucher en bas de la rue. Effectivement, quelques soubresauts surpuissants lui ont permis de se débarrasser des bonnes âmes citoyennes ; il n'a pas eu non plus le temps de remarquer lors de la rixe qu'il a eue avec la brute, qu'un traceur GPS lui avait été déposé dans sa poche arrière de pantalon. Minuscule, mais efficace, la preuve puisque Federico est sur ses pas, mais invisible cette fois-ci…. Il tient son téléphone à la main, et fixe une carte de Malaga avec un index rouge qui bouge : la matérialisation de la trace de Lucas…

Lucas et Emma ont à leur trousse la plus redoutable confrérie mafieuse.

Du fait de l'insouciance de leur jeunesse, ils n'en ont pas conscience !

Chapitre 10

Un petit bois, en campagne malaguène

— Monsieur Miguel Quispe ! Donnez-moi tout de suite vos mains ! Et jointes, s'il vous plaît ! Dépêchez-vous !

Ce dernier, assis sur le siège arrière de la voiture, tend ses deux bras et présente ses mains à sa voisine. Un petit sourire en coin vient illuminer son visage d'ordinaire très fermé…

Les menottes lui sont passées.

Il ne peut s'empêcher de jeter un coup d'œil plus qu'appuyé sur le décolleté de sa voluptueuse tortionnaire. La vue de ses seins parfaits ne manque pas d'attiser sa virilité. Il sent, instantanément, son sexe durcir, et monte en lui un irrépressible désir charnel. Hélas pour lui, il a compris aussi qu'aujourd'hui, il ne mènera pas forcément le jeu !

Dolorès Garcia, sa cheffe, s'empresse d'une main experte de faire sauter les pressions de son chemisier. Sa poitrine s'affiche alors sensuellement de manière opulente. Elle ôte, à l'arrière, l'attache de son soutien-gorge, afin d'en faire jaillir ses tétons saillants. De l'autre main, elle descend la fermeture éclair du pantalon de son prisonnier sexuel. Elle sent la turgescence de son sexe, les palpitations de son bas-ventre et l'humidité de son liquide pré-séminal. Le mâle est prêt à la combler…

—Dîtes donc mon cher monsieur…Vous voilà bien excité…

—Oh que oui … Continuez… Inspectrice !

—Voulez-vous que je vous libère de toute cette pression Monsieur Quispe ? Vous désirez ne penser à rien d'autre qu'à votre jouissance ?

—Oui ! Dolorès ! Oui ! Vas-y ! Après, je ferai tout ce que tu voudras ! Je m'occuperai bien de toi…. Comme tu aimes…

—Tu me le promets ? commence à haleter Dolorès à la vue de son sexe dressé. Je vais t'aider à te vider alors…

Il faut dire que ce Miguel est particulièrement bien membré ! Elle a de la chance d'avoir un tel étalon comme assistant. Quand l'envie leur prend, mais surtout elle, il y a tout ce qu'il faut à portée de main…Allez ! Elle n'hésitera pas à le faire jouir car elle sait qu'il est capable de le faire deux fois d'affilée…

Avant de s'occuper de lui, de son plaisir, elle le mate de haut en bas. Miguel est très musclé, des épaules de déménageurs, des biceps en béton, des pectoraux développés à souhait, des abdominaux en tablettes hyper dessinées, des quadriceps volumineux et des mollets très sculptés. Elle sent en cet homme le mâle dans toute sa force, le mâle dont elle a besoin. Elle va s'en servir pour réaliser une partie de ses fantasmes.

C'est parti…Elle commence par le masturber vite, le plus vite possible, quelques secondes. Puis, elle ralentit, et s'arrête. Elle recommence ce jeu plusieurs fois… Elle connaît maintes façons d'exciter un homme. Elle assure sur toutes celles que préfère Miguel.

Il murmure dans un râle tout en caressant de ses deux mains jointes les seins sexy à sa portée :

—Continue, s'il te plaît ! Continue !

Les tétons de Dolorès sont fièrement dressés. Elle est mouillée et sent son clitoris durcir et devenir une petite boule de plaisir...

Elle n'en peut plus. Elle descend lentement sa bouche vers le sexe de son amant, l'entoure de ses lèvres pulpeuses, et effectue des allers-retours qui les excitent autant l'un que l'autre... Elle le chauffe un maximum. Elle aime ça. Mais il ne jouira pas dans sa bouche aujourd'hui !

Elle se retire quelques secondes avant qu'il éjacule ! Des flots abondants de sperme jaillissent spasmodiquement de sa verge gonflée. Elle admire son œuvre ! C'est elle qui a permis ça. Maintenant qu'il est libéré, il va pouvoir la combler. Il doit être à son service.

—Prends-moi gentiment, maintenant ! Prenons notre temps !

—Retire-moi les menottes alors…

Elle s'exécute ! Elle sait qu'au moment voulu, elle aura du mal à se contenir… elle adore le sexe ! Avoir les deux mains de son amant à son usage est forcément un plus dans la montée du plaisir.

Il effleure la balafre sur le front de sa partenaire, approche sa bouche, et l'embrasse délicatement. Il descend sa main sur l'entaille de son cou, et la caresse d'un bout à l'autre… tendrement. S'il avait pu intervenir plus vite ce jour-là… Il s'en voudra vraiment toute sa vie…

—Oh Miguel ! Oh oui ! Vas-y ! dit-elle alors qu'il dirige sa main entre ses jambes. Elle sait qu'elle est toute mouillée, tout ouverte, offerte…

Miguel est un formidable amant. Il sait se dominer quand il s'agit de faire jouir une femme. Il sait l'exciter en lui disant des mots crus. Il sait l'emmener là où son esprit a besoin de vagabonder. Il a compris ce qu'elle recherche dans leurs ébats. L'imaginaire, son imaginaire, ses fantasmes…

Il redouble d'efforts en caressant doucement son clitoris, tournoyant autour, le pinçant parfois au passage, accélérant aussitôt pour que la petite douleur s'estompe. Il veut l'amener à la jouissance une première fois comme cela, ensuite il la pénétrera. Il sent la fine toison brune sous ses doigts. Cela l'excite au plus haut point. Sa vigueur est déjà de retour…

Dolorès n'a pas lâché le sexe de Miguel une seule seconde. Elle le caresse au même rythme. En simultanée… Une collaboration…

Elle jouit dans une plainte extatique. Elle crie, elle se mord, elle exulte de plaisir. Sa main n'a toujours pas lâché le sexe de son partenaire. Elle le rapproche de son entrée la plus intime.

Il la pénètre d'un coup brusque, comme elle aime. Elle laisse le sexe de Miguel faire son œuvre au plus profond d'elle-même tout en malaxant ses testicules. Le temps ne compte plus. Plus rien n'a d'importance si ce n'est le besoin de jouir à nouveau !

Alors, elle se laisse aller, parle, l'insulte, et lorsque les deux arrivent ensemble au septième ciel, elle tourne son visage à l'opposé et dans un murmure inaudible, dit :

—Oh Mat ! Je t'aime… Je t'aime tant, Mat…

Chapitre 11

—Dolorès ? C'est Mat !

—Salut Mat ! Bon, alors… Hier soir, nous sommes allés, sitôt notre entrevue terminée, au labo de Lucie et Emilio… Quel carnage ! C'est horrible ! Dis, c'est toi qui as bougé le corps de Lucie ?

—Oui mais ne râle pas ! dis-je en m'emportant. Tu as v…

—Hop, hop ! J'aurais fait la même chose pour une amie. Je n'aurais pas supporté de la laisser à moitié carbonisée dans cette cheminée ! C'est ça n'est-ce pas ? Il faudra simplement nous dire précisément dans quelle position et où elle se trouvait exactement. Ok ?

—Ouais ! Je t'envoie un mail détaillé après. Tu t'es fait engueuler par le commandant pour ne pas avoir géré ?

—Non, ça va ! Il a été cool. Il dit qu'il se serait fait également avoir. Et puis, j'ai des dossiers sur lui… Je le tiens… Mais, chut ! dit-elle en mettant sa main droite sur la cicatrice de la gorge.

—Ah ! Tu le joues comme ça avec lui… Drôle de fonctionnement dans ta brigade ! fis-je, sans donc connaitre le geste fait qui m'aurait donné quelques explications sur les circonstances de cette cicatrice.

—Faut savoir se protéger ! Bon…Tu n'as pas tort, on n'a pas fait assez confiance aux jeunes. On y pensera pour la suite. Les meurtriers n'ont laissé aucune trace, vraiment des pros !

—Heu…

—Non ! Ne me dis pas que tu as récolté des indices !

—Juste une paire de gants en cuir, et un bracelet… Un bracelet pour homme. J'ai effectué des recherches déjà, tu sais…

—Merde Mat ! Tu sais que tu n'as pas le droit !

Je réponds du tac au tac :

—Sur la scène d'un crime que vous ignoriez ? C'est ça ? Laisse-moi rire un peu Dolorès !

—Hé, tu t'en veux quand même, sinon tu ne m'aurais pas appelée comme cela. Ça fait des mois que tu ne m'as pas contactée ! Bon ! Retour au boulot ! Pas de nostalgie Monsieur le voleur ! Alors ? Tes recherches, ça a donné quoi ?

Je me lance dans une explication précise. Je suis assez fier de ce que j'ai trouvé grâce à mes connaissances et à mes contacts.

—La paire de gants est luxueuse, confectionnée avec soin. Du travail d'un tanneur de qualité. Un cuir extra. Un coloris bleu roi très élégant. Le bracelet semble assorti, avec de l'acier. J'ai donné quelques coups de fil chez des tanneurs dans les villages situés en montagne. J'y ai quelques adresses ; j'y vais régulièrement pour des cadeaux. J'ai expliqué la situation à un patron que je connais bien, je lui ai envoyé des photos. Il a remarqué un petit signe en liseré sur le bracelet et les gants. C'est une fabrication italienne, plus exactement sicilienne. Il sait de manière presque sûre qui les a faits. Devine ?

—En lien avec la mafia sicilienne ? Non ? Je me trompe ?

—Selon lui, c'est le cas. Le Tanneur des mafieux de Palerme, « Le Tanneur » étant son surnom. Il paraît qu'il réussit à faire des vêtements en peau… d'hommes…

—Arrête !

—Je te jure, c'est ce qu'il m'a dit. Quelle horreur !

—Ne me dis pas que là c'est le cas !

—Je ne sais pas… C'est par téléphone que j'ai eu cette info. Il faut s'attendre à ce que cela le soit. Mais ceux qui utilisent ses talents, ce sont les Lombardo, des durs… des pros ! Je crains qu'on ait affaire à eux Dolorès !

—Lola !

—Lola, si tu veux… Bon ! Alors, j'ai bien bossé ?

—Ouais ! Tu auras même droit à une récompense ! Ce soir…

—Quel resto ?

—Tu ne penses qu'à bouffer… Pffff ! Tu m'énerves, goujat !

—Une paëlla ?

—C'est bon, tu l'auras ta paëlla. 20h au resto L'Espada !

—Ok. Je vais voir les petits jeunes maintenant !

93

—On va diffuser des photos des gars de chez Lombardo dans toute la brigade. On doit les avoir forcément dans la banque de données internationales. Je te mets dans la boucle. Tu préviens les jeunes. Qu'ils réfléchissent éventuellement à d'autres indices pouvant nous être utiles… Toi aussi … Où les enfants peuvent-ils être, et que cherchent ces mafieux ? La scène de massacre ressemble à une scène d'interrogatoire sans concession. Je ne sais pas ce que c'est, mais ils ont mis le paquet. A ton avis, ils ont parlé ?

—Je ne sais pas ! Ils sont tellement abîmés, ils ont dû souffrir atrocement. Tu t'imagines ! Au fait, je pense qu'une photo a disparu dans la maison… J'ai vu un petit cadre dans un coin de la pièce. Il avait été ouvert. Ce doit être la photo des gosses. La vache, ces salopards ont deux cibles maintenant…

—Non, je n'ai pas envie de m'imaginer ce qu'a été ce massacre, et merde pour les gosses !

—Hé, on dit les enfants ou les gosses, mais Emma et Lucas ont 19 ans ! Tu te rends compte !

—Oh purée, c'est vrai.

—Allez, à tout à l'heure !

—C'est ça !

Dolorès raccroche.

Elle est sympa, une très bonne amie ! Je suis content qu'on s'entende toujours aussi bien. J'ai même l'impression que c'est plus fort qu'avant. Elle fait très attention à moi. Elle a compris que j'ai des problèmes. Je ne pense pas qu'elle sache lesquels véritablement. Mais elle comprend que cela ne va pas bien, que je ne suis pas dans mon assiette. Il y a mes difficultés avec Amber. Mais, il, y a le reste aussi… Bref.

N'y pense plus, n'y pense pas, me dis-je ! Bon sang ! Réfléchis à autre chose, ne pense qu'à retrouver les deux enfants de tes amis !

Je m'arrête devant un petit magasin. J'y achète un paquet de chips et une grande bouteille de jus d'orange. J'ai chaud, j'ai faim, et j'ai soif. Je suis en sueur, des sueurs froides.

A peine sorti du magasin, je retire le bouchon de la bouteille et j'en bois la moitié ! tellement soif que j'en tremble… Ça va mieux.

Zut ! J'en ai mis sur ma chemise ! Pas sur mon imperméable, mais bien au milieu, sur la chemise ! Contrôle-toi ! Oh la vache ! Que c'est bon ! me dis-je en finissant la bouteille, …et en me tâchant de nouveau !

Je file vers la voiture, direction la villa. J'ouvre le paquet de chips, et l'engloutis tout en conduisant.

Il faudra, cependant, que je m'arrête pour passer un appel, c'est urgent…

Je me concentre sur l'affaire qui m'importe. J'arrive les jeunes ! J'arrive ! Je vais les trouver vos copains ! Je vais les trouver ! me dis-je, en mettant le clignotant pour me garer et passer l'appel...

J'arrive les jeunes… Pourtant, une petite voix intérieure me dit que j'aurai aussi d'autres problèmes à régler. Dont un de taille… une véritable obsession… Bien pire même…

Chapitre 12

Temps passé : 3h

Mes pensées vagabondent. Ce n'est pas bon. Il faut que je les canalise. Trop penser à tout et n'importe quoi, ce n'est pas de bon augure. Je ne dois pas être emmené au fond de mes affres... Mais, tant que le cerveau va, tout va. C'est ce que je me dis...

Je dois me concentrer sur un moment agréable. Amber et sa venue en Espagne... Voilà ! Hé oui, ça, ce fut un grand moment !

Hé oui les gars ! (Oui... je me suis inventé des amis imaginaires à qui je parle dans ma tête. Désolé... c'est vous !). Les gars, donc, je vais vous raconter la venue de ma femme en Espagne, enfin, de mon ex.

Quelques jours avant le moment funeste que je vis actuellement, alors que je rentre à la villa pour faire un débrief avec mes jeunes, je vois, garée devant le magnifique perron de la cour, une voiture qui m'est inconnue. Qui est-ce donc ? A priori, mes amis m'avaient dit avoir prévenu les leurs de leur absence. Donc, personne ne devrait se présenter à leur domicile… Bizarre…J'espère que mes acolytes n'ont invité personne dans cette villa que l'on m'a amicalement prêtée. Ce serait un comble !

Je sors de mon véhicule bien énervé. Déjà que l'entretien téléphonique urgent que j'ai eu, ne m'a pas apporté les réponses espérées… A quoi m'a servi cet entretien ? Du blablas… C'est tout !

Devant la double porte d'entrée, je bloque. Une musique connue… Un rappel de merveilleux souvenirs … Un cliquetis de talons dans le hall… Tout me transporte dans le passé et m'emplit d'espoir. La porte s'ouvre et à cet instant, un bonheur à l'état pur me foudroie : Amber est devant moi. Extraordinairement belle, dans une robe vert clair, qui la rend diaboliquement sexy… Cette tenue souligne ses formes parfaites. Sa chevelure est d'un blond platine, j'adore… Un sourire large, franc, accueillant, m'apparaît comme salvateur. Mon amour, parfaite... Sa voix, délicieuse, suave, envoûtante, me tire de mon état de sidération :

—Alors Mat ? Besoin de ma présence ?

Elle franchit le dernier espace qui nous sépare, me serre dans ses bras ; je sens la chaleur de son corps. Un bien être m'envahit. Comme au bon vieux temps… Ma femme est là, pour moi.

Le bonheur est de courte durée lorsqu'elle me fait la bise, se décale de quelques centimètres, me jauge du regard, et secoue la tête en me disant :

—Mon pauvre Mat ! Comme tu as pris un coup de vieux en quelques temps…

—Oh bon sang ! s'exclame Thomas, qui avait suivi Amber, le tacle que tu te prends, Mat !

Il a raison ! Cette phrase me calme directement ! C'est peut-être Amber qui est là, mais c'est bien mon ex qui s'exprime.

—Que fais-tu là ? ai-je le réflexe de demander.

—C'est une longue histoire ! se permet de répondre Maxime à la place de l'intéressée.

Tout le monde rit à ces mots. Tout le monde sauf…moi !

Quelques minutes plus tard, tous assis dans les luxueux fauteuils du salon, une plancha de tapas sur nos genoux, nous nous racontons les différentes péripéties de la journée.

Amber ici ! Je le dois à mes jeunes amis qui l'ont appelée. Emma et Lucas leur avaient communiqué non seulement mes coordonnées téléphoniques, mais également celles d'Amber en cas de problème. Ils avaient aussi précisé, lors de leur conversation avec Amber, leur inquiétude par rapport à moi. Ils me trouvaient parfois absent, souvent distrait…

—Obnubilé par quelque chose ? avait questionné alors Amber.

—C'est cela ! avait répondu Léa.

—Je prends l'avion ! avait enchainé mon ex, j'arrive !

C'était la matinée. Par chez nous, en Belgique, la destination de Malaga est des plus communes. Elle était donc arrivée en fin d'après-midi. Nous lui devions ce diner improvisé. Le souci et la qualité de son côté organisationnel avaient œuvré !

Elle se fait de la bile pour moi. Elle me connait par cœur ! Elle est venue pour m'aider.

La simplicité des sentiments de cette jeune troupe provoque en moi un grand émoi. Amber à mes côtés, ce sera plus facile de tout surmonter.

—Allez patron ! dit Maxime. Une petite bière, maintenant !

—Non ! dis-je d'un ton cinglant.

Tout le monde m'observe après ce lâché vocal brutal.

Je dois réagir ! J'ai été trop abrupt ! Il faut que je fasse passer mon coup de sang.

—Je ne suis pas votre patron, chers collègues ! dis-je en éclatant de rire pour me rattraper.

Le simple rire se transforme peu à peu en un fou rire salvateur… J'ai du mal à m'arrêter de tousser, je m'étouffe un peu même. Thomas me tend un verre d'eau qu'il a prestement rempli. Je bois peu à peu. Je reprends mon souffle, racle ma gorge.

Thomas ajoute, insidieusement, et je dirais, finement :

—Hé bé ! Il est déchainé notre…collègue …

—Arrête l'humour, s'il te plait ! lui dis-je, d'un ton plaisantin.

Je finis tranquillement mon verre. Amber me le remplit à nouveau.

—Cela peut t'être utile, m'affirme-t-elle doucement.

Je la regarde, reconnaissant. Mon ange gardien…

J'apprends également qu'une barmaid de Malaga a donné à Maxime un message de Lucas. Il lui fixe rendez-vous demain matin dans un autre bar, à l'ouverture. C'est un mot écrit à la va-vite, mais il prouve bien que Lucas et Emma se trouvent à Malaga, comme je l'avais prédit. Je ne manque pas de leur faire remarquer…

Amber n'a pas perdu son temps non plus. Avant de prendre son avion, elle a contacté un ami qui travaille dans la police, à Madrid. Elle l'a mis au courant de notre affaire. Il l'informera immédiatement s'il apprend du nouveau. Il lui a déclaré rester à notre disposition. C'est un atout plus qu'appréciable vu sa situation dans la hiérarchie.

—Je ne le connais pas ce Franco ! dis-je surpris.

—Francisco ! souligne Amber. Non, depuis un certain temps, tu sais bien, je me suis fait de nouveaux amis, Mat !

—2-0 ! clame Thomas.

—Tais-toi ! Tu es lourd, lui répond Léa. Bon, on s'est tout dit ! Je suis fatiguée. Je vais me coucher.

Léa paraît effectivement exténuée. Elle est de toute façon tellement calme en apparence qu'elle ne respire guère l'énervement, mais plutôt la placidité, l'imperturbabilité, bref la sérénité. Quoique, on peut voir aussi la fragilité d'un être doux, trop doux pour cette vie parfois si complexe.

—Moi aussi, dit Amber, je suis crevée. Il y a des chambres pour tout le monde. Je me souviens bien de cette villa. Ils sont sympas les proprios ! Les garçons ! dit-elle, s'adressant à Thomas et Maxime, tous les deux dans la chambre du deuxième, c'est ça ?

—Ouais, nous nous y sommes déjà installés, Amber ! répond Thomas. Une dernière bière, Mat ?

—Mat va aller se coucher ! répond à cette proposition Amber. Mat doit se reposer pour avoir les idées claires demain matin. Allez, au lit Mat !

—A tes ordres, Amby !

—Amber suffira… me rétorque-t-elle.

—Stop ! dis-je en regardant Thomas. Je sais : 3-0 ! Fin du match !

Tout le monde se met à rire, et se quitte en bas de l'escalier qui conduit aux chambres.

………………………..

Zut, zut, zut ! Un peu de terre me tombe sur la bouche. Pas beaucoup. C'est encourageant. Il ne doit plus pleuvoir.

Ces souvenirs m'ont fait du bien. Je suis cependant revenu à la triste réalité. Combien de temps perdu dans mes pensées ? Environ une demi-heure, à mon avis. Il me reste à peu près trois heures de vie… Je veux être optimiste en estimant cela…

Mon pouls est ent. Je ne consomme pas beaucoup d'oxygène. En revanche, j'ai froid. Je baigne dans vingt centimètres d'eau boueuse. Je suis fatigué. Mais maintenant mon moral est gonflé à bloc ! Cet épisode avec la venue d'Amber pour m'épauler me fait du bien. Si elle s'est ainsi précipitée, après s'être inquiétée, c'est qu'elle tient encore à moi… Donc, elle me recherchera !

Oui, elle tient à moi. J'en suis sûr. D'autres événements m'ont conduit sur cette voie. J'y repenserai tout à l'heure.

Pour maintenant, je dois réfléchir à comment me sortir de là…

Donc, il faudrait…

Chapitre 13

Je suis bien installé dans mon lit. La chambre spacieuse m'offre un agréable moment de réflexion. Je peux tranquillement me poser sur cette affaire. Loin du brouhaha de cette jeunesse, des odeurs de nourriture, et de boissons…

Je repense à Lucie et Emilio, mes amis de toujours. Ils m'ont beaucoup aidé lorsque j'avais des problèmes, ou simplement des difficultés. Il y a des personnes qui savent dire ce qu'il faut ou tout simplement écouter. C'était leur cas. J'aurais tant besoin d'eux en ces moments difficiles. Pourquoi ne me suis-je pas confié à eux lorsqu'il l'aurait fallu ? Ils auraient eu les mots, les mots pour me soulager, pour me soigner…

Ils ont dû souffrir le martyr. Quelle information, quel secret mérite autant de souffrance ? Pourquoi leurs enfants ont fui ? Comment ont-ils pu échapper aux mafieux ? Pourquoi n'ont-ils pas prévenu la police ? Pourquoi contacter leurs amis ? Cela m'échappe totalement. C'est cela qu'il faudra découvrir demain matin lors de notre entrevue dans le bar de Malaga. Car, je compte bien m'y rendre également. Bien sûr que j'y serai. Bien sûr, car…

On frappe doucement à la porte. Je me demande qui cela peut-il bien être et enfile un pantalon de jogging et un sweat que j'ai toujours dans mes affaires. Je dors nu, et franchement, ce n'est pas indiqué d'accueillir quelqu'un ainsi, surtout à une heure tardive ! Mais, porter une tenue décontractée de temps en temps fait du bien également. Pour moi, c'est être nu !

—Oui, oui, j'arrive ! dis-je doucement.

Je découvre alors Amber, toujours aussi splendide, dans une nuisette noire qui laisse entrevoir des jambes merveilleusement longues et des cuisses musclées. Je la trouve si belle… Que me veut-elle ? Mon cœur bat la chamade.

—Amb ... Amber ?

—Bien observé ! me rétorque-t-elle en souriant. Tu me laisses entrer ou tu veux que tout le monde soit au courant de notre entrevue ?

Mon cœur redouble ses battements.

Un message ?

Je la fais entrer, referme la porte derrière elle, et donne un tour de clé. Je la vois me regarder, dodeliner de la tête, et me lancer :

—Mat ! Pas d'illusions ! Je ne viens pas pour une réconciliation ou une aventure d'un soir.

—Bien sûr ! Qu'est-ce qui te fait dire cela ? J'ai fermé la porte uniquement parce que je suppose que ce que l'on va se dire ne regarde personne…

Boum, je viens de me prendre un bon tacle, mais j'ai pu réagir comme il le fallait.

—C'est bien cela ! Regarde-moi ! Comment te sens-tu ? continue Amber.

—C'est dur, tu te doutes… Emilio et Lucie, c'est comme ma famille. C'est ma famille. Enfin, c'était…

Des larmes perlent au coin de mes yeux. Je prends le mouchoir bleu pâle qui est dans la poche arrière de mon pantalon du jour. Je les essuie rapidement, et le dépose sous mon oreiller. Chaque chose à sa place, et un jour pour chaque chose. Qui sait ? Cela peut aider ! Oh, oh, oh ! Redescend Mat ! Redescend !

—Je sais que ça doit être terrible pour toi. Je te parle du reste Mat, déclare Amber, interrompant ma réflexion ubuesque.

—Du reste ?

—Tu m'énerves Mat ! Tu sais bien de quoi je parle ! dit-elle en haussant le ton.

—Chut…chut… On va nous entendre !

—Alors ? Tu as appelé ton parrain ces derniers temps ?

—Oui… Plusieurs fois.

—Et depuis que tu as découvert l'assassinat de tes amis ?

—Trois fois. Tout à l'heure en venant à la maison, je l'ai encore appelé.

—Qu'a dit Éric ?

—En gros, que la solution, c'est moi qui la détiens. Je dois savoir ce que je souhaite, ne pas oublier mon objectif, persévérer, être conscient du travail effectué depuis plusieurs mois… Bon sang, s'il croit que c'est facile ! Toujours la mêmc chose, les mêmes idées à la con qui ne me lâchent pas ! Fait chier Éric !

—Heureusement qu'il est là ! C'est ta conscience pour le moment. Mat ! Dis-le-moi ! Répète-le ! Tu dois me le dire …

—Laisse-moi !

—Mat ! dit Amber en posant sa main sur mon épaule. Mat ! Dis-le.

—Je… je suis alcoolique et je ne dois pas replonger… Mais j'ai tellement envie de boire, de me saouler pourtant, tu sais…

—Oui, mais tu ne l'as pas fait !

—…

—Tu ne l'as pas fait ? Tu ne l'as…

—Non… dis-je doucement. Cela fait neuf mois et vingt-quatre jours que je suis abstinent. Je tiens le coup ! Mais ce serait si bon… ça me manque, l'oubli obtenu après quelques verres…

—Quelques verres ? Mais Mat … Tu t'enfilais la bouteille en une journée ! Un puits ! Un vrai puits sans fin ! Un … Tu es sûr que tu n'as pas bu à nouveau, même pas une bière ?

—Non, non, non ! Mais c'est difficile ! Parfois je suis au bord de ce puits et j'ai envie de me noyer… Je ne pense plus qu'à ça, je rencontre des difficultés à me concentrer, je n'écoute rien… Je combats !

—Je suis fière de toi, Mat… Je suis si fière ! Tu sais, même si nous sommes séparés, je te soutiendrai toujours. Nous avons été si longtemps des compagnons de route. Mais tu es fort !

—Merci Amber… Merci ! dis-je, touché par ces dernières phrases. Mais quand je vous vois boire une bière, je me dis, juste une, cela ne peut pas me faire du mal !

—Mais nous, nous pouvons arrêter sans souci… C'est juste un plaisir, pas un besoin, encore moins une dépendance !

Amber me tapote l'épaule, puis le bras ; elle me donne un baiser tendre sur la joue, et me lance avant de sortir de ma chambre :

—Sois fort ! Tu peux l'être ! Trouve une solution pour Emma et Lucas ! Trouve pourquoi on a tué leurs parents ! Trouve leurs assassins et fais-les arrêter ! Concentre-toi ! Rien ne doit te distraire. Tu peux le faire, tu es l'homme de la situation ! Ils ont besoin de nous, mais surtout de ton intelligence et de ton esprit de déduction… Ne lâche pas ! Bonne nuit, Mat !

—Bonne nuit, Amber !

Sa présence m'a reboosté, m'a donné de l'allant, de l'envie, et même de la hargne pour résoudre cette affaire. Mon addiction me semble plus facile à supporter. Je sais cependant que cet ennemi est subtil, futé et perfide…

A moi de me méfier de lui… donc de moi-même…

Chapitre 14

Ma petite troupe et moi-même sommes à pied d'œuvre dans un bar, éloigné de cinq minutes à pied du lieu de rendez-vous de Maxime et de ses deux copains. Nous révisons le plan. Bien studieusement, bien socialement unis également. L'importance du plan c'est qu'il a le mérite d'exister, et qu'il est approuvé par tous. La collaboration de tous et toutes pour l'œuvre commune…

Un plan… Je dirais finalement que c'est une stratégie simple : diviser pour mieux régner. Sans difficulté aucune, j'ai réussi à convaincre tout le monde que ma présence peut être utile. A ma grande surprise, c'est Léa qui m'a soutenu le plus.

—C'est toi le pat… le cerveau, le spécialiste. Sans toi, on est foutu, on ne saura pas ce qu'il faut faire.

Simple, sincère, me semble-t-il, énoncé discrètement. Un modèle du genre d'intervention faite par Léa. Amber tourne son regard vers moi, et me fait un discret clin d'œil…pas aussi discret qu'il l'aurait fallu car Thomas nous observe avec un petit sourire au coin des lèvres. Le filou... Que va-t-il s'imaginer encore ?

—On est synchro sur le plan ? dis-je en finissant mon café alors que tout le monde tourne à la bière !

A 11h du matin ! De la bière ! Cela étant, il m'arrivait parfois à cette heure-là d'avoir déjà avalé la moitié d'une bouteille de vodka … Brrr. Pense à ton affaire, Mat, pense à ton affaire !

—Tu es sûr de ne pas vouloir prévenir l'Inspectrice ? demande Amber.

—Oui, c'est ça et ils vont arriver avec leurs gyrophares et bloquer avec leurs voitures toutes les rues ! Ce sera tambour battant ! Aucune discrétion. Non, Amber, non, on va le faire discrètement et subtilement. Nous, on va le faire à la César. Un plan bien léché, vous allez voir. Je résume : on récupère les enfants de Lucie et Emilio ou celui qui sera là s'ils ne viennent pas à deux ; on vérifie que nous ne sommes pas suivis. Max, tu transmets les colis ou le colis à Léa et Thomas. Ensuite, tu rejoins les toilettes en premier lieu, puis l'arrière-salle. Amber te récupérera une demi-heure après. Léa et Thomas, après avoir déposé les colis près de la bouche de métro dans la rue qui est derrière, vous rentrerez dans le grand magasin le plus proche, vous prendrez deux ou trois vêtements et direction les cabines d'essayage. Prenez votre temps. Amber viendra vous chercher, vous repartirez avec elle dans sa voiture pour la villa. Amber, tu prendras le chemin des écoliers ! Ok pour tout le monde ?

—Ouais, et toi Mat ?

—Je serai à l'entrée du métro. Quand vous m'aurez livré les colis, je prendrai le métro, et rejoindrai ma voiture au troisième arrêt. On se retrouve tous à la villa après quelques détours. Point primordial : ne pas se faire suivre. Nous avons affaire à des pros ! Ne l'oubliez pas ! Vigilance !

—Comment peuvent-ils être au courant de ce que l'on a prévu, Mat ? Ce n'est pas un peu exagéré toutes ces précautions ?

—Des pros, je te dis, Thomas ! On ne sait jamais. Il ne faut pas les sous-estimer. Des questions, des suggestions ?

Aucune réaction m'incite à conclure :

—C'est parti !

Peu à peu, tous s'éparpillent… Je suis le dernier. Un verre de bière à demi entamé m'appelle sur le coin de la table. Dieu que je suis tenté !

—Je peux ramasser Monsieur ? me questionne le serveur venu débarrasser.

—Heu… Oui, oui, bien sûr ! dis-je, surpris, gêné et honteux à la fois.

—Allez-y ! Finissez avant, vous avez le temps ! Je m'occupe du reste, c'est tout.

—Non, non, vous pouvez tout prendre ! dis-je en posant deux ou trois pièces en pourboire sur la soucoupe du café.

Je m'éloigne de la table au plus vite, comme j'y avais vu le diable, et croise le regard d'Amber qui, sans doute, traînait volontairement et n'avait pas arrêter de m'observer...

Ne pas la décevoir.

Je lui souris. Pas elle… Elle se retourne et va rejoindre son poste. Je ne vois pas où se trouvent les autres. Déjà en route pour leurs places, sans aucun doute.

Suis-je à la hauteur ? Je ne l'ai pas toujours été… loin de là ! N'est-ce pas une des raisons qui m'a conduit à me perdre dans l'alcool ? Si, je le soupçonne… Bien sûr que si ! C'est ce qui m'a achevé : ne pas avoir été à la hauteur, ne pas avoir pu sauver ces vies … Merde ! Fait chier ! C'était… C'était il y a trois ans déjà.

Maintenant, je me retrouve confronté à bien pire, et aucune personne chevronnée à mes côtés ! Et si j'appelais Dolorès ? Non ! Non, pas elle. Elle est trop engoncée dans ses fonctionnements, dans ses théories parfois liminaires ! Je suis désolé de penser cela d'elle…mais c'est tellement vrai. Je l'appellerai juste après l'exécution du plan : sauver Emma et Lucas, voilà la priorité. Ma priorité,

Alea jacta est …

Mais je ne suis pas César. Je suis Mat, un simple professeur de criminologie qui s'attaque à de grands criminels, et qui veut contrer les desseins de la pègre sicilienne… et sauver deux jeunes qui risquent de mourir sans s'en douter.

Rien que cela !

Je presse le pas pour me rendre à mon point de rendez-vous.

J'ai soif, soif d'alcool, d'alcool fort…

Chapitre 15

—Lucas ! Lucas, regarde-moi ! Es-tu sûr de vouloir y aller seul ?

—Emma, réfléchis ! Si les deux gus, et notamment celui qui m'a défoncé, ont réussi à découvrir le lieu de notre rendez-vous avec Max…, tu imagines… Ils nous détiendraient tous les deux !

—Ouais, en tout cas, tu n'es pas très en forme mon loulou ! Tu as le début d'un coquard et ta joue est violacée ! Ce soir, ou demain avec ta barbe, ça passera mieux. En plus, si le gars est là, il va te reconnaître. Moi, ils ne m'ont vue que de loin ! Aucun des deux ne m'a approchée ! C'est à moi d'aller au rendez-vous ! Réfléchis !

—Ouais… Ce n'est pas faux ! Vendu ! Tu feras gaffe, sœurette !

—Ah quand même ! Je te bassine depuis hier soir avec ça, et c'est seulement à moins d'une heure du rendez-vous que tu lâches l'affaire. Tu es chiant… Non mais, tu exagères, tu sais…

—Après, ce n'est pas comme si tu ne savais pas ce qu'il faut faire ! C'est toi qui as échafaudé la stratégie.

—N'empêche, je n'ai pas trop de temps pour réfléchir...

—Réfléchir à quoi ?

—A ce que je vais me mettre sur le dos, pardi !

Lucas éclate de rire, saisit sa sœur par les épaules et l'enlace. Une larme coule sur sa joue. Elle la lui essuie du revers de la main en un geste doux, fraternel…

—Lucas, je ne sais pas s'ils sont … vraiment morts… je te connais et je sais que c'est ce à quoi tu penses aussi à l'instant. Pas vrai ? Moi, j'ai un espoir qu'ils aient pu s'en sortir…

—C'est trop pénible de ne pas savoir, dc nc pas être sûr. C'est vrai…

—Papa et maman nous le répétaient sans cesse : si le signal rouge est clignotant, c'est que c'est excessivement grave au labo, et qu'ils sont en danger de mort. Ils nous ont entrainés à ce raisonnement et à ce que nous allons faire. Tu te

119

souviens, il y en avait toujours un des deux caché dans les environs, et si on traînait trop pour déguerpir, les raclées qu'on se prenait !

—Ouais, moi je préférais quand c'était papa qui les donnait, parce qu'il se retenait. Maman, elle, y allait à fond ! dit Lucas avec un petit sourire nostalgique.

—Même qu'elle en avait mal à la main ! renchérit Emma. Toujours est-il, que pour cette fois, aucun des deux ne se trouvait près de l'alarme. Comme disait papa : « tu crois que je me suis tapé des centaines de mètres de tranchées pour faire courir un câble jusqu'au bois pour quelque chose d'anodin ? »

—Non, non, je le sais. Si le signal est rouge, c'est que c'est très grave, et il faut considérer que nous sommes désormais seuls. Nous ne pouvons compter que sur nous-mêmes… Je connais la leçon. Les parents nous ont bien conditionnés. Tu sais, je m'en veux de ne pas être anéanti… Je me souviens que papa et maman nous disaient qu'il faudrait alors penser à ce que nous avions vécu avec eux, surtout les bons moments, rien d'autre ! Une bonne leçon ça… Mais, tu vois, j'ai un espoir qu'ils aient pu s'en sortir quand même. Ils sont tellement plein de ressources.

—A propos de leçon, je n'arrête pas de penser à ce que je devais apprendre avec maman, chaque jour. Le jeu du « Au mot près » !

—Retenir toutes ces lignes ! Jour après jour. Tu te souviens, on devait les réciter séparément tous les jours, jamais dans la même pièce … Papa disait que tu avais une mémoire phénoménale, mais que moi, j'avais une mémoire analytique, et que le jour où j'entendrai ce que tu avais appris, alors, je saurai décrypter le code, et résoudre l'énigme. Bon, admettons ! Qu'est-ce que je me suis fait disputer quand je me trompais… On a commencé à quel âge ? 6 ou 7 ans ? demande Lucas.

—7 ans. La veille de mon anniversaire… « Au mot près » a débuté. J'en avais eu deux à apprendre ce jour-là, les premières, et comme ça marchait bien, les autres jours c'était par lot de quatre que je devais les réciter ! A chaque fois que je commettais une erreur de mot, je devais tout recommencer. Je devais aller vite, très vite !

—Recommencer quoi au fait, parce qu'on n'avait pas le droit d'en parler, tu te souviens ? « Au mot près » pour toi, d'accord, mais c'était quoi les mots ?

—Idiot ! Si je me souviens ? Je te rappelle que le jour du signal fatal, à cinq heures du matin, maman m'a secouée pour me réveiller, m'a redressée dans le lit, et m'a demandé de jouer avec elle. Tu parles, j'étais à moitié endormie encore ! J'ai dû lui en réciter deux ! Que deux ! Youpi ! A la fin, la sempiternelle menace : ne pas en parler, sinon un des deux pouvait mourir… Donc oui, je me souviens qu'on ne devait rien se dire !

—Moi, c'était que tu pouvais mourir si je te divulguais quoi que soit …

—Bon ! Sympa pour moi ! ricane Emma. Alors, et toi, tu apprenais quoi ? Maintenant on peut se le dire, ce n'est plus pareil… tu imagines, ce secret entre nous qui a tenu douze ans !

—…

—Allez ! Je dois partir dans cinq minutes pour rencontrer Max ! Dis-moi ! On peut maintenant…

—Des suites de chiffres, et de nombres, avec des tirets parfois.

—Beaucoup ?

—243 groupes de chiffres et nombres.

—Non ! Pas possible !

—Et ouais, ma grande, 243 séries ! Et toi alors, tu ne m'as pas répondu ?

—243 aussi !

—De quoi ?

—243 fables… Les 243 fables de La Fontaine !

—Oh la vache ! Mais, à qu…

—Je me sauve, on en reparlera tout à l'heure !
Tout se passera bien ! En quittant l'appartement,
ferme bien la porte et remets la clé dans le trou du
mur sur le palier, s'il te plaît. Ma copine ne doit
pas s'apercevoir qu'on squattait chez elle. Je
m'en ferai une sacrée ennemie sinon… Enfin,
maintenant, tout est relatif en termes d'ennemis !
Rendez-vous sur le port, sur notre banc.
D'accord ?

—A tout à l'heure avec Max ! Je dois réfléchir au
lien qu'il peut y avoir entre tes poésies et mes
nombres. J'ai plusieurs pistes…

Chapitre 16

—Emma ! Emma ! ! Hep, je suis là !

—Oh Max, ça me fait plaisir de te voir !

—Moi aussi Emma ! Vraiment ! Et Lucas, il n'est pas avec toi ?

—Non, nous avons préféré jouer la carte de la sécurité. Au cas où, pas les deux dans la nasse !

—Avant que nous partions, dis-moi pour…tes parents… est-ce que tu sais si…

—Nous ne sommes certains de rien, Max ! Nous ne sommes pas rentrés au labo parce que le signal d'extrême danger était allumé. C'est long à raconter, mais avec ce signal nous devions déguerpir sans eux, sans la moindre hésitation, et nous débrouiller seuls, c'était la règle établie … Je vous raconterai tout plus tard, on est pressé, je pense !

—Tu as raison, notre boss nous a dit de faire vite. Mais deux ou trois minutes, ce n'est pas la mer à boire ! répond Max.

—Votre boss ?

—Mathieu Doe, l'ami de tes parents !

—Qu'est-ce qu'il fait là ?

—C'est une longue histoire aussi ! Mais au vu de son métier, il est dans son élément pour trouver qui a …

Zut, pense Max. Je vais tout faire foirer…

—Qui a quoi ?

—Heu ! Plus tard ! Allez ! On file Emma ! On va rejoindre Thomas et Léa, un peu plus loin ! Soyons prudents !

—Ok, tu sais, je crois…qu…n'y …s………………

Quelques kilomètres plus loin.

—Ignazio ! Ils ont dû quitter le bar ! On n'entend plus la conversation. Normal ! Le micro était sous la table et il a une portée théorique de deux mètres. On fait quoi maintenant ?

—Le traceur sur le gamin ?

—Il indique qu'il a bougé de l'appartement où il était. Il quitte le centre-ville.

—Appelle Dante pour savoir s'il a la fille et le gros en ligne de mire !

—Ok.

Quelques secondes plus tard.

—Dante ? Alors ?

—Je les vois. Je suis à vingt mètres d'eux. Je fais quoi ? Ils vont se séparer.

—Ignazio ? A ton avis ? Pour l'instant, tes choix ont été payants.

—Je pense que Dante doit suivre le gars et nous le ramener à la planque ! Tu t'en occupes ensuite ! Tu sauras le faire parler.

—Compris ! Tu penses que le Lucas, sa sœur et les deux autres copains vont se rejoindre. C'est ça ?

—Ouais ! ajoute Federico. Il est probable que celui qu'il appelle patron…

—Mathieu Doe !

—Probablement qu'il sera là aussi. Dante, as-tu repris le micro sous la table du café ?

—Ouais ! En quelques secondes avant de suivre nos cibles. Personne n'a rien capté ! Des nases ! Ils n'avaient vraiment pas compris qu'on avait pris l'info auprès de la serveuse avec le billet du Max… Des gamins et gamines ! Elle est encore en train de pétocher la serveuse, je pense. Elle n'a rien moufté apparemment… Au fait, ils ne savent pas que leurs parents sont morts ?

—Je crois que ce Max le sait, mais pas la fille. Chope-le, ce con d'étudiant ! Nous, on se charge, avec Matteo et Renzo, des autres. Tu nous le garderas au chaud ! Travaille-le un peu ! C'est un mou ! Il faut qu'il soit terrorisé quand on ramènera notre expert !

—Je ferai le méchant ! A tout à l'heure, et bonne chasse !

—Toi aussi Dante ! Tu peux le faire à visage découvert, de toute façon, on va tous les flinguer. Renzo a été clair : aucune trace. Le secret, le document, probablement sous forme de microcarte, on ne s'encombre de rien d'autre. Si tout va bien, dans deux jours, on retrouve le soleil de Palerme ! On passera à la cathédrale faire une prière à la Santuza !

—A notre sainte patronne ! clame Dante avant de raccrocher.

Les deux traques sont lancées.

Le fils de Lupu a lâché sa meute. Les brebis sont prêtes à être sacrifiées sur l'autel de la convoitise…

Chapitre 17

—Hop-là, mon mignon ! Tu vas foutre la paix à ce jeune homme !

Amber est surprise par le ton qu'elle a employé. C'est venu naturellement ! Très naturellement, et cela l'étonne, mais ne la gêne pas…

Elle se tient à quelques mètres devant Dante qui tord le bras à Maxime. Bien campée devant eux, les mains sur les hanches, elle toise celui à qui elle s'adresse, et qui fait plus qu'une tête qu'elle… Elle distingue le mal-être de Max. Celui-ci est d'une telle pâleur qu'elle estime à quelques secondes sa chute dans les pommes… Elle ne regrette pas d'avoir pris l'initiative de suivre Maxime et de planquer pas trop loin de leur table au café. Cela lui a permis de voir qu'Emma et Max avaient été suivis, et qu'un micro avait été dissimulé puis retiré de dessous la table. Fière d'elle ! La rue d'à côté est grouillante de monde. Elle espère être entendue, ou remarquée. De l'aide serait malgré tout la bienvenue. Au fond d'elle-même, elle ressent la crainte que cela vire au pugilat, et là, franchement, elle ne serait pas à la hauteur. A l'esbroufe, parfois ça fonctionne !

—Ta gueule, salope ! réagit Dante.

C'est clair que c'est mal engagé ! Mais elle n'a pas le choix.

—C'est ça, mon gars ! Un snipper est placé en haut du toit là-bas, il t'a en visuel, je vois le point rouge sur ton crâne. Si tu ne le lâches pas, il t'explose la tête !

Digne d'une série d'action… Une série B alors, se dit Amber…

—Tu es qui, pétasse ?

Bon ! Les choses sont mises à plat, estime craintivement la James Bond du jour…

—Interpol ! On vous suit depuis quelques jours, et…

Pourquoi pas, tant qu'on y est ! s'encourage-t-elle.

La réaction de Dante est immédiate. En un bond, il est sur elle, tenant toujours Maxime de l'autre main, serrant tel un étau son bras gauche. Il décroche dans la foulée un énorme coup de poing dans le ventre d'Amber et la pousse violemment. Tout ça d'un bras ! Elle s'écroule, suffoque, et a juste le temps de voir le mafieux et Maxime s'éloigner. Elle s'évanouit rapidement.

—Madame ? Madame ? Ça va ? On a appelé la police, ils arrivent ! lance un badaud ayant vu une partie de la scène.

—Oui… oui…, dit Amber, péniblement, en se faisant aider pour se relever. C'est passé, c'est passé… La police ? questionne-t-elle, inquiète.

—Il ne faut pas vous laisser faire, il faut porter plainte ! Regardez, des gyrophares, ça doit être eux ! dit le badaud à… personne !

Amber s'est dégagée du groupe de curieux, et court déjà dans une des petites ruelles, difficilement mais vaillamment. Elle craint de s'être trop fait remarquer. Cela suffit, il faut rester dans l'ombre. Cette escarmouche a au moins eu le mérite de jauger la concurrence, se console-t-elle, et elle lui paraît rude. Elle pourra également décrire l'agresseur de Maxime. Tout n'est pas négatif, malgré tout…

Elle accélère la cadence, rassemblant ses idées. Elle a mal au ventre et aux coudes qu'elle s'est écorchés en tombant. Il faut absolument qu'elle téléphone.

Elle entre dans un grand magasin proche, essoufflée, en sueur, et submergée par les idées qui s'empilent à toute vitesse. Elle n'a plus les idées claires. Elle va se caler au centre du premier rayon à sa droite, peu en vue de la porte d'entrée. Discrétion oblige. Elle saisit son téléphone et compose le numéro nerveusement. Elle le connaît par cœur. Tellement bouleversée qu'elle a oublié que le numéro était codé, « Chou » …

—Mat ? Mat ?

—Tu sais, pour tout à l'heure avec la bière, je veux te…

—Je m'en fous ! Ils ont pris Maxime ! Ils l'ont kidnappé ! s'exclame Amber.

—Quoi ?

—Je t'expliquerai ! Il ne faut pas se rendre à la villa, compris ! Vu la brute qui l'a enlevé, Maxime ne va pas pouvoir tenir longtemps., continue-t-elle, toujours aussi essoufflée.

Je la questionne.

—Mais, comment…

—Mat ! Action, bon sang ! Les jeunes, ils se trouvent où ? dit-elle péremptoirement en haussant le ton.

—Je les vois justement arriver, dis-je, un peu vexé par la réflexion de mon ex-femme.

—Faites attention, ils ont pu être suivis aussi !

—Oui, dis-je d'un ton agacé. Qu'est-ce que tu crois ? Je ne suis pas un perdreau de l'année… Je maîtrise. Pas d'inquiétude, mon… Amber, me reprends-je. On se retrouve à « La cocina » alors ! fais-je, d'un ton guilleret !

— « La cocina » ! Pourquoi choisir ce lieu, bon sang Mat ? ajoute Amber, irritée apparemment.

—Quoi ? C'est un bon endroit !

Je suis encore plus irrité. Qu'a-t-elle pour me traiter de cette façon ? Elle a vraiment peur, sans doute est-ce la cause de cet énervement à mon encontre… Ou me cache-t-elle quelque chose d'autre ?

—Bien sûr que non ! Mais… Zut, Mat ! Tu le fais exprès ou quoi ? C'est là où tu m'as demandé en mariage…

—Justement ! On y sera en sécurité… Que me caches-tu ? Quelque chose de grave ? Tu as l'air toute retournée. Amber, raconte-moi !

—Je suis un peu paniquée, excuse-moi… Je te raconterai tout. A la cocina alors ! Attention à toi !

—Toi aussi, Amber ! Fais attention !

Décidément… quand Mat a une idée derrière la tête, pense Amber… Même dans ces moments critiques, il faut qu'il mette en avant notre relation passée… Vraiment, on ne le changera pas !

Chapitre 18

Temps passé : 4h

Pas un bruit. Que du silence… Non, je mens, car j'entends mon cœur battre tel un tambour, régulier, lent, fort. La machine tourne bien ! C'est très satisfaisant. Satisfaisant pour quoi ? Pour tenir plus longtemps, pour espérer une aide extérieure ? Tu parles ! Pour espérer quoi donc Mat ?

C'est désagréable cette odeur autour de moi et sur moi… La terre, la boue, la sueur, et l'urine… Oui, j'ai fait sur moi… J'avais trop envie. J'ai de plus en plus froid et je suis pris de tremblements parfois…

Mais tant qu'il y a de la vie, il y a de l'espoir ! Je suis exactement dans cet état d'esprit. Le temps passe… les minutes et les secondes s'écoulent… et je suis encore vivant. Je ne ressens pas encore de grosses difficultés respiratoires, musculaires, ou mentales… me semble-t-il ? Je ne suis plus sûr de rien. Par contre, je perds quand même un peu la boule !

Bon, j'ai bien avancé depuis une grosse demi-heure. J'ai réussi à retirer, non sans peine, la ceinture de mon imperméable ; du moins en partie, car ce qui m'intéressait, c'était d'obtenir la boucle en métal. J'ai sué, mais j'ai économisé l'oxygène, je pense. J'ai perdu deux ongles dans l'histoire. J'ai mal, mais peu importe. J'avance. Avec la pointe de cette boucle de métal, je suis en train d'entamer sur mon côté gauche le bois de ma boîte mortuaire. J'avais tâté partout où je le pouvais, et il me semblait que c'était l'endroit le plus friable. Ils m'ont balancé dans une vieille boîte, faite de panneaux de bois de récupération ! Les nuls ! Leur incivilité va me servir ! Enfin, soyons clair, y a-t-il une utilité à soigner le réceptacle quand on sait que dans quelques heures le contenu sera mort ? La pègre ! Ce n'est plus ce que c'était ! J'en ai observé des trucidés par la mafia ; à chaque fois, émane une certaine classe, une dignité respectée pour la victime. J'avoue cependant que certaines pratiques ne respectent pas toujours les règles de la bienséance !

Je ris. C'est bon de rire ! J'ai fort mal au bras droit, surtout à l'épaule, je suis à la limite. Il est coincé contre le couvercle du cercueil, et je m'échine, avec ma main droite recroquevillée, à frotter la boucle à quelques centimètres d'une fente dans le bois, côté gauche de mon corps. Le but : découper une sorte de longue écharde sur ce côté, en évitant la chute de terre sur moi. L'ensevelissement viendra de manière latérale. Il faudrait qu'elle mesure presque un mètre. Impossible, mais bon, nous verrons. Ensuite, je tâcherai de la faire passer entre une autre faille que j'ai ressentie au-dessus de mon cou. La finalité est de parvenir à la surface. J'y aurai accroché mon mouchoir du jour de couleur jaune, et on ne sait jamais ? A la surface, cela pourrait se remarquer ! Mais, le problème, est que je ne retrouve pas mon mouchoir... Toujours dans la poche arrière droite de mon pantalon, j'avoue ne pas réussir à y glisser une main... Après ! Je verrai après...

Autant vous dire que tout cela est un peu tiré par les cheveux ! Enfin, pendant ce temps, je ne pense pas à apaiser l'irrésistible envie de me saouler, de me jeter dans les bras de Dionysos ! Heureux homme, ce gars-là !

Je tremble. De froid. De manque.

Un mètre de bois fin... Bon, admettons que je réussisse à le déplacer sans le casser dans le cercueil. Tu parles ! Que je parvienne ensuite à mettre la base au-dessus de mon cou, en ayant introduit le mètre en question par le minuscule trou. Tant qu'on est à avoir du bol... Puis, je ne sais comment, que je le pousse vers la surface avec mon mouchoir au bout. J'oubliais, il faudra d'abord que je le retrouve ce mouchoir jaune. Bien sûr, j'aurais, sans aucune difficulté, pu l'accrocher, quand je l'aurai retrouvé ! Puis, j'aurai réussi à le pousser dans la terre, sachant qu'il n'y aurait aucune résistance à cette poussée ! Je me fous de moi-même ou quoi ? Tu te fous de toi, Mat ? Mat. Tu es qui ? Mat le poivrot ? Mat, le looser ? Mat celui qui croit que tout va se dénouer correctement simplement parce qu'il se nomme Mathieu Doe, professeur en criminologie ? Tu es qui pour penser que tu réussiras à vaincre l'adversité et à me vaincre ? Je ne suis qu'un ! Tu ne peux pas me quitter ! Tu ne peux pas me laisser seul, poivrot égoïste, crâneur, naïf et ...seul…

Les gars ! Je plane totalement… Bon sang, je crois que je vais manquer d'oxygène ! Je perds la tête. J'ai des hallucinations ! Je vais me reposer un peu. Ne plus bouger, ne plus penser, ne plus avoir de pensées parasites. C'est le dioxyde de carbone qui me fait chavirer l'esprit.

J'ai un énorme problème. Vous savez quoi ? Je ne retrouve plus mon mouchoir… J'ai finalement réussi à mettre ma main sous mes fesses, et franchement, même au travers de mon imper, je ne sens rien dans ma poche de pantalon… On m'a piqué mon mouchoir ! Pourquoi m'aurait-on fait ça ? Calme-toi, Mat calme-toi ! Tu recommences à délirer ! Mais Mat, c'est moi… Je me parle… Je suis fou… Sans déconner ! Je n'ai plus mon mouchoir. Je n'ai plus mon mouchoir. Mon plan tombe à l'eau !

Je vais mourir.

Amber… J'ai besoin de toi ! Je vais penser à toi, et je mourrai ainsi. Tranquillement, apaisé, serein pour l'éternité…

Quoique, me battre serait une idée intéressante … Une dernière fois. Utiliser mon bon sens, mon esprit de déduction pour aider les jumeaux, les jeunes, tous ceux qui croient en moi ! Je dois me battre.

Où est ce sacré mouchoir ? Je l'ai bien cherché dans ma poche arrière droite. Je me suis quasi déboîté l'épaule gauche. Rien. Je ne sens rien, et je n'ai donc aucun doute. Il ne s'y trouve pas. Au passage, j'avais essayé dans la poche gauche, et même résultat.

Est-ce que finalement, c'est important ? Je ne l'ai pas, je ne l'ai pas… Point.

Je reprends ma position et je continue de frotter la pointe de la boucle de mon ceinturon contre le bois. J'ai fait environ une soixantaine de centimètres. Je sens que le morceau fera à peu près deux à trois centimètres de large. Ce devrait être suffisant. Cependant, je ne peux guère aller plus loin en longueur, je n'ai pas un aussi long bras…

Une solution : tenter le tout pour le tout en arrachant les premiers soixante centimètres et en espérant que le reste suive …

Vous savez ? Mais si ! Reprenons. Pour faire le bâton qui sortira un peu de terre, avec le mouchoir jaune au bout, le mouchoir que je ne retrouve pas, pour l'agiter devant le promeneur de cimetière. Vous savez qui ? Mais si ! Celui qui n'a que ça à foutre de se promener dans un cimetière fermé pour cause de travaux !

Je suis complètement percuté du cerveau !

Allez ! Je tente. Un, deux, trois : je tire fort sur le morceau de bois…

Crrrrrrrrrac !

Chapitre 19

Elle me fait quoi la salope ? Elle veut le reprendre ou quoi ? Elle est en manque ? Ses phéromones sont en action ? Non mais… songe Dolorès en regardant Amber. Une fureur indicible monte en elle, elle est désormais prête à tout pour le garder pour elle.

—Dis-moi Mat, c'est donc ici l'endroit où tu as déclaré ta flamme à ton ex ? Tu choisis ce lieu pour en faire votre nouvelle planque ? Suggestif, non ?

—Non, c'est-à-dire qu…. commence Amber.

—Madame Doc ! Chut ! Ou Madame Chose, je parle à Mat…

—Dolorès, voyons, on se connaît. Nous nous sommes vus…

—Silence, j'ai dit. C'est une enquête. Je la dirige comme je veux ! Là, maintenant, je suis l'Inspectrice Dolorès Garcia. Vu !

—Dolorès, c'est Amber, mon ex-femme, quand même ! Ce n'est pas une inconnue ! Il y a assez de tension comme ça ici ! N'en rajoute pas ! S'il te plait ! C'est quoi ce sketch que tu nous fais ?

—Arrête de prendre des notes Miguel ! renchérit l'Inspectrice sur un ton cassant.

—Cheffe, je ne notais rien ! s'exclame, ébahi, l'assistant de l'Inspectrice.

Il a l'habitude de ses sautes d'humeur. Il lui pardonne aisément.

—Mais si vous le souhaitez… continue-t-il.

—Dis Dolorès ! Qu'est-ce qui ne va pas ? Tu as l'air énervée ? dis-je d'un ton plutôt amène, coupant son assistant.

—Enervée ? Non ! A peine… Avec tes habitudes de tout cacher, tu as mis un jeune homme dans le pétrin. C'est bien ça qui vient de se passer ? Je ne mens pas, je ne me trompe pas ?

Dolorès ne souhaite rien ajouter, mais c'est plutôt d'avoir cette Amber dans les pattes qui l'irrite… Elle est jalouse, oui vraiment jalouse. Certes, son attitude est peut-être enfantine, voire stupide même, mais c'est plus fort qu'elle, et son discours et sa forme sont bien explicites sur ses intentions.

C'est Léa qui répond en pleurs :

—Oui, c'est ça, c'est Max qui a été enlevé ! Vous allez le retrouver n'est-ce-pas ?

—Le retrouver, c'est une certitude, ma petite. Mais sera-t-il encore entier à ce moment- là ? Demande ça à Mat !

—Quand même, Inspectrice, commence Amber, il faudrait éviter de…

—Vous, ça suffit ! De quoi vous mêlez-vous bon sang ? Non seulement vous avez joint mon responsable, Francisco Alvarez avant de vous incruster ici, mais en plus vous avez laissé un étudiant, placé sous votre surveillance, se faire embarquer ! Alors, c'est bon ! Mêlez-vous de vos fesses et laissez-nous travailler entre grands !

—Au début, il n'était pas prévu dans le plan qu'elle intervienne à ce moment-là, dis-je. C'est d'elle-même qu'elle a pris l'initiative de…

—Tout faire foirer ! ajoute l'Inspectrice.

—Non Dolorès ! Sans elle, nous serions tombés dans le piège des mafieux. C'est grâce à Amber que nous avons pu changer de planque à temps. Nous sommes tous sains et saufs, grâce à toi Amby…

—Sauf Max… ajoute timidement mais perfidement Thomas. Et maintenant, ils savent que nous avons une femme en plus dans nos rangs…

—Peut-être serait-il bon, au lieu de s'écharper, dit Lucas en fusillant du regard l'Inspectrice, de s'interroger sur ce qu'ils recherchent. C'est peut-être cela qui nous mettra sur la piste ? Non ?

—Tu as une idée ? questionne alors sereinement Dolorès, afin de calmer le jeu et de se refaire une aura à la hauteur de sa profession. Dis-nous… Il n'y a pas d'idées idiotes. Je monte le ton, mais nous sommes ensemble dans cette épreuve. Allez, vos idées ?

—Des idées idiotes, non. Des personnes …peut-être…renchérit Léa, loin d'être un agneau finalement...

—Stop ! dis-je d'un ton péremptoire. A ton avis, Lucas ? Vas-y, poursuis ton idée !

Et Lucas de raconter les séries de nombres qu'il a apprises, et les fables mémorisées par Emma.

Sa théorie : les séries de nombres apprises correspondent à une fable, à une ligne, à un mot précis, et une lettre de ce mot. Mis bout à bout, cela devrait correspondre à une phrase. Voilà ce qu'il expose.

—Comment sait-on quelle est la fable ?

—Maman m'avait fait apprendre les fables dans n'importe quel ordre mais avec un numéro, à la fin.

—Pour faciliter les choses ! dis-je, en secouant la tête et en haussant les yeux vers le ciel. Ah mes amis, que vous étiez finauds ! Ou tordus ! Je vous aime…

—Ouais, maman et papa étaient vraiment obsédés par leur travail. Je pense qu'il s'agit d'une formule. Cela devait vraiment être important !

—Quel genre de formule ? Et la phrase que nous sommes censés trouver, à quoi sert-elle ? Vous l'ont-ils dit ? s'inquiète Miguel.

—Non, dit Lucas, mais à mon avis, elle nous indiquera le lieu où est cachée la formule.

—Une formule, mais de quoi ?

—Aucune idée ! ajoute Lucas.

—Donnez-nous un exemple, les jumeaux ! s'empresse de demander l'Inspectrice. Allez, Lucas ! dit Dolorès qui presse le mouvement.

Elle sait que la terrible question de la mort des parents va inévitablement arriver. A ce moment-là, la concentration des jumeaux ne sera plus aussi optimale... Quoiqu'elle pense qu'ils ne sont pas dupes... Il faut simplement qu'ils l'entendent dire explicitement. Pour commencer à faire le deuil...

— A toi, dit Emma. Tu as les nombres, donc la poésie, la ligne, le mot, la première lettre. Ai-je bien compris ?

—Ok ! Alors, la première série :

17-8-7-5

—17 : Le lion et le rat, dit Emma, en fermant les yeux.

Il faut autant qu'on peut, obliger tout le monde, nan, nan, nan, nan...

Plus aucun bruit ne sort de sa bouche, mais ses lèvres s'agitent en récitant la fable.

—C'est bon : 8ème ligne : *Montra ce qu'il était, et lui donna la vie*.

—Donc, 7ème mot, *donna*, et 5ème lettre, le *a*. C'est ça ? En admettant que « *qu'il* » c'est un mot ? questionne Amber.

—Oui, oui… je comprends maintenant quand maman me disait qu'il fallait que je considère *qu'il, qu'on, qu'a...* comme un seul mot. Donc, oui, un seul mot !

Amber continue.

—Alors, la phrase commence par *a*. Il y a combien de séries de nombres Lucas ?

—243.

—Venez dans la salle à côté ! ajoute Amber, accaparant cette recherche. Nous serons tranquilles pour récupérer les séries, donc les lettres. Léa, tu viens avec nous, s'il te plaît ?

—Je viens avec vous également ! renchérit Thomas, sentant qu'il convient de faire corps et qu'il doit tempérer ses remarques.

—Tu as raison, tu ne seras pas de trop. Laissons Mat, l'assistant de l'Inspectrice, Miguel je crois, puis-je me permettre de vous appeler ainsi ?

—Oui, vu les circonstances, je pense que c'est mieux. Miguel, bien sûr, et moi ce sera Amber pour vous…

—Et Madame l'Inspectrice réglera quelques problèmes ! finit Amber en claquant la porte derrière eux.

Un silence pesant fait suite. Que dire d'autre ?

—Mat, tu devrais faire attention à ne pas être détourné de ton but par ton ex…

—J'ai transmis tout à l'heure la photo de Maxime à nos collègues. Je vais appeler pour savoir où ils en sont, intervient Miguel pour tenter d'apaiser la situation.

—Tu as raison, Miguel, dit Dolorès. Mais ne fais part à personne de cette affaire. On la gère en sous-main, pour le moment. Il n'y a que Francisco qui est au courant, mais il est à Madrid.

—Je vous laisse, je vais m'occuper de tout ça, finit Miguel.

Il tourne les talons, va voir la patronne de la « Cocina », Paula, pour lui demander un verre de bière. Il a soif.

Il en profite pour s'installer près de la porte de la salle à manger, légèrement entrouverte, afin entendre tout ce qui se dit entre Mat et Dolorès. Au cas où… Il se demande pourquoi elle est autant à cran. Il s'inquiète. Dolorès compte beaucoup pour lui. Vraiment beaucoup. Il n'ose se l'avouer mais il est amoureux d'elle. Non seulement les moments de sexe avec elle sont plus qu'agréables, mais dès qu'elle s'éloigne de lui, elle lui manque terriblement.

Elle a l'air d'être jalouse d'Amber, pense-t-il. Amoureuse de Mat ? Non, au plus inquiète que son ex lui fasse du mal… Après tout, Mat est un ami de longue date. Il se souvient que Madame l'Inspectrice, c'est uniquement comme cela qu'il l'appelait alors, lui en avait touché deux mots jadis. Lui venait d'être titularisé. Dolorès était déjà bien capée. Sa carrière de policier est venue sur le tard. Il était sportif de haut niveau au préalable, un combattant de MMA célèbre. Elle, fille de policier, avait embrassé tôt la carrière. Douée, elle avait gravi aisément et honnêtement les échelons. Il avait vite appris avec l'Inspectrice. Les missions devenaient très complexes, dangereuses parfois. Dolorès avait une confiance absolue en Miguel. Un jour, ils franchirent leurs limites. Et le pire arriva… Elle n'avait pas voulu appeler de renforts, alors qu'ils allaient serrer une bande de six trafiquants de drogue. Miguel n'avait pas protesté au fait d'être à deux. A eux deux, ils en valaient dix !

Hélas, les infos données par leur balance étaient approximatives. Ils étaient tombés dans ce qui, malgré tout, ressemblait à un piège… Tendu par qui ? Ils s'en doutaient maintenant tous les deux, et ils en tiraient profit. Francisco…

A vouloir tout maitriser, et notamment par la contrainte, on finit parfois par franchir le seuil de l'acceptable. Ils l'apprirent ce jour-là à leurs dépens.

Une bonne dizaine de truands les attendaient au lieu prévu du deal.

Dolorès s'était battue comme une lionne, avait réussi à mettre hors d'état de nuire trois assaillants, en leur tirant une balle dans les jambes ou le ventre. Miguel, à lui tout seul, avait mis hors de combat pas mal de gars. Jambes brisées, bras cassés, série d'uppercuts assommants, bref, il avait fait un carnage. Il était comme dans un ring et il se permettait tous les coups ! Mais il ne put rien faire contre les deux balles qui le touchèrent en pleine poitrine. Il s'écroula, à quelques mètres de Dolorès qu'il avait vue en grand danger. Deux hommes la tenaient par les bras tandis qu'un autre lui arrachait son chemisier et lui déboutonnait le pantalon… Le pire allait se produire.

Miguel se sentait en train de s'évanouir, mais la rage, la mission qu'il s'était donnée de défendre sa cheffe et la grande affection qu'il lui portait, furent plus forts que tout.

Il avait réussi à se relever peu à peu, les dents serrées, alors que les trois hommes se focalisaient sur le corps totalement dénudé de leur victime. Dolorès était une superbe femme et les hommes qui l'entouraient, tels des bêtes en rut, s'en délectaient d'avance… Un malaxait l'énorme poitrine de Dolorès, tandis qu'un autre immisçait sa main dans son entrejambe. L'homme en face d'elle avait sorti un rasoir... Dolorès hurlait de peur, puis les invectivait de rage. C'est la première fois que Miguel ressentait une telle terreur chez sa patronne. L'homme au rasoir zébra le visage de Dolorès, plus exactement le front. Il rapprochait la lame de sa gorge pour la faire taire. Elle se figea. Elle avait encore une once de sang-froid. Il commença à lui entailler le cou.

Miguel devint incontrôlable dès lors. En un bond, il se retrouva dans le dos du criminel, et en un tour de main, il avait saisi sa tête, mis un genou dans son dos, et avait appuyé de toutes ses forces sur le cou. Un grand craquement s'était fait entendre. Les deux brutes avaient lâché en même temps la policière, surpris de voir leur patron s'écrouler, mort, et leur victime toujours vivante ! Miguel les avait tant tabassés en quelques

151

secondes que l'un d'entre eux n'avait plus de visage, au sens littéral du terme. Ce n'était plus qu'une masse informe de morceaux humains. L'autre s'était écroulé mort en un seul coup de pied dans la gorge…

Miguel avait encore eu la force, péniblement, de couvrir le corps de Dolorès de ses vêtements, alors que le sang s'échappait de son visage et de sa trachée, et qu'elle se trouvait inanimée au sol.

Comment s'en étaient-ils sortis tous les deux par la suite ? La chance… sans doute… sans doute aucun…

—Monsieur ? Monsieur ?

—Oui Paula ?

—Une autre bière ? Tout va bien ?

—Oui, je me remémorais le passé… Vous n'y pensez jamais Paula ?

—J'ai lu il y a quelques temps une belle citation que je fais mienne :

Ne regrette pas le passé, n'anticipe pas le futur, vis le présent intensément.

—Paula ! Vous êtes un ange ! C'est exactement ce que j'ai besoin d'entendre. Merci, merci beaucoup !

Il se relève de sa chaise, la remet tranquillement en place, va fermer sans bruit la porte de la salle à manger, et file dehors, non sans avoir remercié de la tête la patronne de la « Cocina ».

Il saisit son téléphone, tandis qu'il entraperçoit, par la fenêtre, Mat et Dolorès s'expliquant, probablement sur le cas Amber…

Effectivement, c'est le cas.

Chacun reste sur sa position, ne comprenant pas l'attitude de l'autre.

—Hé ! C'est quoi ces messes basses ? Mat, Dolorès ! Sérieux, il y a un problème. Les phrases que nous avons reconstituées n'ont aucun sens. C'est du charabia ! s'exclame Thomas en ouvrant prestement la porte. Les jumeaux sont sûrs d'eux pourtant ! Que fait-on ? Cela fait presque deux heures que Maxime a été enlevé ! Est-il encore en vie au moins ? Il faut qu'on bouge, ou qu'on agisse ! Mat ! Dis quelque chose ! C'est toi le spécialiste !

—Heu…

Je ne sais que dire à cet instant… J'étais très loin de ces considérations…

—Venez immédiatement ! dit-il bien fort.

Aussitôt, tout le monde arrive. Tous manifestement exténués. Léa et Thomas ont confirmé aux jumeaux la mort de leurs parents. Les questions se faisaient trop pressantes, ils n'avaient pas pu échapper à la terrible réponse. En omettant les détails sur les tortures. Ils leur avaient dit qu'ils avaient été exécutés au pistolet… Les jumeaux sont las, ils sont au bout du rouleau… Prêts à sangloter. Ils s'en doutaient, en étaient pratiquement sûrs, mais maintenant, ils peuvent effacer leurs doutes.

Amber, elle, est toujours aussi…superbe.

Je la fixe intensément. C'est en elle que je puise ma force, que je me ressource et me galvanise.

—Dolorès, dis-je bien fort. Comment peux-tu nous aider ?

Dolorès n'a même pas le temps d'intervenir que Miguel pousse fortement la porte de la salle, et lance :

—Il est localisé ! Max est localisé. On sait où il se trouve… Enfin, pratiquement ! Un collègue l'a vu passer devant sa maison. Il n'était pas de service, mais avait jeté un œil sur la photo transmise à tout le secteur. Max était accompagné d'un gars plutôt costaud. Ils sont entrés dans un petit garage désaffecté. Le collègue les a suivis tant leurs attitudes semblaient bizarres. Tout cela s'est passé il y a dix minutes, pas plus.

—Dolorès ? dis-je tout sourire.

—On y va les gars, mais je prends les choses en main ! Ok ?

—Le temps que l'on arrive, peut-être qu'ils ne seront plus là ! indique Thomas

—Pas idiot ! Je vais joindre d'autres collègues ! ajoute Miguel.

—Tout le monde vient ! Même toi Amber ! dit l'Inspectrice en lui faisant un clin d'œil.

Amber, surprise, ne sait que dire. Elle quitte alors la pièce avec les autres. Le silence est parfois d'or.

En passant près de moi, me frôlant de sa poitrine, Dolorès, la dernière à sortir, me murmure à l'oreille :

—C'est une femme comme moi qu'il te faudrait maintenant !

—Qu'est-ce que tu veux dire ?

Dolorès prend mon visage entre ses mains, et embrasse intensément ma bouche.

Je ne comprends pas ce qui vient de se passer. Pourquoi ce baiser ? Pour me galvaniser tout en me rassurant ? C'est ça, c'est sûr. Qu'est-ce que ça pourrait être d'autre ? Quoi d'autre ?

Tout ce que je sais, c'est que je ne comprends rien aux femmes qui m'entourent…

Les enquêtes oui… Les sentiments des femmes non !

Niais que je suis !

Quant à Miguel, il n'a rien loupé de la scène depuis le coin de la baie vitrée opposée à la porte.

Son œil est noir….

Chapitre 20

Dante a rejoint Renzo hors de Malaga au garage désaffecté et oblige Max à s'asseoir sur un fauteuil. Il lui attache solidement les pieds et les poignets à l'ossature.

Max a des traces de larmes sur les joues. A y regarder de près, on peut apercevoir qu'elles sont mêlées à un peu de sang. Pourtant, aucune blessure n'apparaît sur le corps du jeune homme. Sauf les ongles, qui ont été rongés pour certains jusqu'à la peau…

—Tu l'as blessé ? questionne justement Renzo.

—Non ! Tu m'avais dit tranquille, donc à part deux ou trois claques, rien d'autres. C'est lui, il avait tellement la trouille qu'il s'est bouffé le bout des doigts !

—La vache, c'est vrai mon gros que tu as mangé tes doigts ! Tu es vraiment dégueulasse !

—Tu sais, il s'est pissé dessus aussi !

—Ah, c'est ça qui pue !

—En plus il a toujours une drôle d'odeur, chef !

—Non, je ne pue pas… pleurniche Max.

—Tu sais Max, c'est important de prendre soin de soi. Regarde-moi ! Tu ne trouves pas que je suis propre, toujours bien habillé, voire élégant, et que je parle correctement ?

—Oui…dit doucement Max.

—Je n'ai pas entendu… Plus fort !

—Oui ! renchérit le jeune homme bien plus fort.

—Bon, Dante, que t'a appris notre cher ami ?

—Pas grand-chose… Il m'a parlé de ses potes, dont les enfants de Lucie et Emilio, nos deux victimes, éclate-t-il de rire, et puis de l'Inspectrice et de son équipier. Ensuite, il y a l'ex-femme du gars qu'ils appellent Mat, un criminologue, copain des archéologues… C'est tout. Rien de bien important, ou qu'on ne savait pas déjà.

—Max, une seule question. Selon toi, qui est le plus intelligent de ta bande ? Tu me sembles doué pour les déductions, je l'ai vu au premier coup d'œil. Tu n'es pas très courageux non plus. Alors, essaie de nous éviter de te faire chialer. De qui dois-je me méfier ? Tu as cinq secondes …

—Mathieu Doe, le criminologue ! s'empresse de répondre Max.

—Bien ! Deuxième question : que cachaient les parents des jumeaux ? Même temps pour répondre.

—Je sais juste, enfin je crois, que c'est une formule.

—Tu en est sûr ?

—Bin… ce n'est pas certain mais comme vous les avez tués dans leur labo, j'en ai déduit que vous recherchiez une formule. Une formule chimique, je pense… De toute façon, nous, on ne l'a pas, et on ne sait pas où elle peut se trouver ni sous quel format elle est… Moi, j'opterai pour une clé USB, ou plutôt une microcarte, un truc du genre. C'est ce que l'on utilise le plus fréquemment, mais les parents de Emma et Lucas étaient âgés, alors… Euh, je parle peut-être beaucoup….

—Continue, tu m'intéresses… renchérit Renzo. Mais avant toute chose, je vais te mettre au parfum… Peut-être que tu pourras nous aider plus efficacement.

—Mais, je…

—Tais-toi ! Tout d'abord, pour que tu sois bien conscient de ce qui peut t'arriver, je tiens à te dire que nous sommes de la mafia sicilienne, de Palerme plus exactement. Notre clan est solide, et a notamment des ramifications à Trapani, une ville située sur la côte nord-ouest de l'île. Il y a quelque temps de cela, un de nos informateurs sur place, a fait une connerie qui nous a coûté un max de fric. Alors, j'ai envoyé un de mes gars accompagné d'un de nos meilleurs tortionnaires… Crois-moi, personne ne lui résiste… et il vaut mieux ne pas avoir affaire à lui. L'idiot qui s'était planté a fini, contraint et forcé, par payer sa dette en nous communiquant une info. Il y a treize ans de cela, sa copine a travaillé comme apprentie pendant deux ans chez deux archéologues. Devine lesquels ? Un jour, des documents papier provenant de fouilles, laissés sur un bureau, ont attiré son attention…Cela ne ressemblait en rien à ce qu'elle connaissait. Et tu sais ce qu'elle a fait ? Elle a pris des photos… Mais de quelques pages sur la vingtaine présente uniquement, car quelqu'un approchait... Elle ne s'est pas fait prendre, mais elle pense qu'ils se sont doutés de quelque chose, car le surlendemain, ils ont mis fin à leur collaboration. Après cela, ils se sont évanouis dans la nature. Plus de traces d'eux nulle part. Bizarre… Notre débiteur a récupéré les photos auprès de sa copine. Elle les avait conservées pendant tout ce temps-là, ne sachant pas ce que cela représentait, mais se disant que peut-être un jour… Et cela lui a sauvé…comment dire ?

—La couenne ! s'esclaffe Dante.

—Excellent ! Après avoir examiné les photos, nos meilleurs chimistes affirment que ce sont les prémices d'une découverte exceptionnelle pour l'évolution humaine. Voilà, je t'ai tout raconté. Enfin, pas tout à fait… Avec notre réseau très développé, nous avons fini par leur mettre la main dessus bien sûr. Nous avons voulu les faire parler, mais ils ont été plutôt coriaces nos deux scientifiques. Même sous la torture, ils sont restés muets. Ils sont morts à présent. Voilà ! Ah oui, le gars qui nous avait fait perdre pas mal de fric, tu vois de qui je parle, n'est-ce pas ?

—Oui, oui, Monsieur Renzo, s'empresse de répliquer Max afin de se mettre dans les bonnes grâces de son kidnappeur.

—Et bien, ce type-là, afin qu'il soit comment dire…coopératif, on l'a mis entre les mains de notre ami, Conciatore. Tu sais ce que signifie ce mot ?

—Non, je ne connais pas ce mot.

—Je traduirai cela par « le Tanneur ». Donc notre ami gaffeur a été soulagé de la peau de la moitié de son dos.

—De la totalité, oui ! rétorque Ignazio.

—C'est vrai ! Ça m'a fait une belle paire de gants très agréables et un bracelet en cuir bleu….

Max, les yeux emplis de terreur, blêmit, sue à grosses gouttes, et finit par vider le contenu de son estomac sur son ventre et ses jambes.

—Que tu es sensible Maxime ! ricane Renzo. Et tu es dégoutant aussi, n'est-ce pas, Monsieur Le Tanneur ?

Un homme, de petite taille, plutôt malingre, des petites lunettes rondes sur des yeux globuleux, le crâne dégarni avec de longs cheveux blancs sans éclat sur les côtés, surgit de la porte du fond. Il marche en boîtant légèrement. Ses mains sont énormes comparativement à sa corpulence.

Il est équipé d'une trousse médicale et porte un tablier de boucher en cuir…véritable.

— Tout à fait ! Vous avez raison. Et j'ai écouté attentivement votre conversation. Essentiel de connaître la psychologie de mes … patients ! Non…clients ? Non plus…

—Fournisseurs ? lance Dante.

—Fournisseurs ! Comme le terme est juste ! Tu sais en quoi je me fournis, jeune homme ? En cuir humain… Et si tu ne parles pas plus que ça, c'est ce qui va t'arriver ! Tu comprends n'est-ce pas ?

Maxime, de blême, devient d'une pâleur cadavérique, pris par des nausées incontrôlables.

Renzo fait signe au Tanneur de s'approcher du fauteuil.

Le Tanneur connait la consigne : un très petit prélèvement pour débuter… Le problème avec lui c'est qu'il ne transige jamais avec l'endroit du corps où il prélève…

Renzo a une petite idée du choix… Brrr….

Ce qui l'importe c'est que Max soit dans les conditions optimales pour endosser son prochain rôle de taupe ! Il s'évadera, il retournera dans son groupe, il participera aux recherches sans sourciller…un maximum d'infos. Voilà l'idée !

La peur est un excellent moteur. Il appartient à notre clan désormais … Renzo en est pratiquement sûr.

Le chef de meute a décidé du sort de Maxime : informateur. Un informateur brillant, intuitif, docile et… peureux.

Les meilleurs…

Chapitre 21

—Thomas ? Thomas ?

—Max ? C'est toi ? Où es-tu ?

—Je me suis échappé ! dit Maxime dans un souffle. La vache ! Je suis crevé, je viens de courir…Thomas… Ils étaient terrifiants, ils m'ont…

Max sanglote tellement à l'autre bout du fil qu'il ne réussit plus à parler. Il est fatigué physiquement mais surtout psychologiquement. Il a mal à l'endroit où le Tanneur s'est servi. Jamais il n'en parlera, c'est trop humiliant… Il fera tout pour qu'on ne le découvre pas. Il souffrira en silence dans son corps mais surtout dans son âme. Rien de pire qu'un tortionnaire qui vous soigne après son méfait pour que vous puissiez mieux trahir les vôtres. Le sadique !

—Max ! Je suis là. Dis-moi où tu te trouves. On vient te chercher. Allez, mon gars, courage. On est avec toi ! Te sauver tout seul, tu es un héros mon pote !

—Ecoute-moi ! Retire la puce de ton portable et casse-là ! Fais ce que je te dis ! Retrouve-moi à l'endroit où on s'est quitté l'été dernier. Fais au plus vite ! Ne me laisse pas Thomas, ne me laisse pas s'il te plaît…

—On fait au plus vite Max ! On arrive !

Thomas raccroche et s'exécute. Il est sûr que son ami a une très bonne raison de lui demander de détruire sa puce. Il pense être suivi par un mouchard sans doute, un mouchard implanté dans son mobile.

Il s'en va expliquer aux autres où aller récupérer Max, le héros. Se sortir des mains de la mafia, waouh !

Tout le monde est soulagé, heureux pour Max. Tout le monde, sauf moi… J'ai un doute… Trop beau pour être vrai !

Et puis, il faut avouer, je suis d'humeur maussade. En premier lieu, j'ai envie de boire une vodka, voire deux ou trois, et je ne peux pas ! Je suis véritablement en manque. Mes mains tremblent de plus en plus, je suis sans cesse obligé de les poser sur une table, ou de les mettre dans mes poches. C'est pénible, et cela commence à devenir handicapant…

J'imagine le liquide de feu couler en un flot continu dans ma gorge… Hummm ! Le feu, puis le soulagement… L'enivrement peu à peu qui s'installe, la brume, les idées vagues, l'oubli, le trip total… Un soulagement ! Mais non, je dois tenir, je dois m'en sortir.

Ensuite, parce que je voudrais être avec Amber, lui parler de mes sentiments pour elle, de mon amour de plus en plus grand pour elle. Moins elle est à mes côtés, plus je l'aime ! Je voudrais qu'elle m'écoute, qu'elle comprenne mon mal-être, mon désarroi… mais surtout qu'elle comprenne à quel point je l'aime !

Enfin, parce que… j'ai un mauvais pressentiment. J'ai l'impression de ne pas maîtriser la situation… On nous tend un piège, c'est sûr. Mais qui ? Là, je me doute. Où, quand et comment. ? Je n'en ai pas la certitude, mais ça ne saurait trop tarder. Nous sommes en danger…. Surtout moi. Jc scns que je vais être désigné comme une des cibles principales…

Je les suis donc, mais avec une vigilance redoublée.

Je dois être au top.

J'ai besoin d'un verre. Un seul verre…
Allez Mat, allez, laisse-toi faire…me murmure
une voix intérieure.

—J'arriverai avec quelques minutes de delta par
rapport à vous ! Dolorès, Miguel, vous gérez,
c'est votre job ! Je vais aller à la pêche aux
renseignements…

—Si c'est pour un renseignement, c'est bien ! dit
Amber.

Elle m'a découvert, bien sûr… Sinon, que
veut dire cette remarque ?

Je ne réponds pas, je n'ose même pas la
regarder et file vite vers ma voiture qui me
conduira au premier magasin venu ? J'hésite
encore…

Chapitre 22

Dans l'auberge « La cocina »

Max est avec nous. Je suis arrivé dix minutes après les autres. Amber m'a regardé. J'ai soutenu son regard quelques secondes. Je n'ai rien à me reprocher après tout ! Qu'elle le comprenne ! Je fais tellement d'efforts… Je lui fais un signe comme quoi j'ai téléphoné… Elle me regarde, hoche la tête, elle doit penser à Éric… Et elle a raison.

Maxime nous raconte ce qu'il a vécu. Je suis certain pourtant qu'il omet certains détails. Personne n'est dupe, ça n'a pas dû être une partie de plaisir.

Il sent mauvais, on voit sur son pantalon des tâches de vomi, il sent l'urine, et je crois déceler un peu de sang sur un coin de son tee-shirt. Il y a aussi une odeur d'alcool (celle-là, je ne peux pas la manquer) et de crème pharmaceutique. Etrange…

Amber, habilement, propose à tout le monde de prendre une douche. A priori, nous sommes en sécurité dans cette nouvelle planque, et nous avons fait tellement de tours et détours que personne n'a pu nous suivre. Profitons-en tant que l'on peut.

Max avait raison pour les portables. Ils nous auraient trahis. Sans doute aucun. On met systématiquement un mouchard dans les portables des ennemis que l'on prend. On pousse parfois le vice à les mettre à leur portée pour tracer leurs appels, quand ils croient nous avoir bernés… dans le cas de Max, je pense qu'on l'a laissé s'échapper pour le pister. Voire pire ! On l'a peut-être transformé en taupe. Sage décision donc. Je le félicite devant tout le monde, avant que chacun ne regagne sa chambrée pour se doucher et se changer. Ensuite, nous nous collerons à « l'énigme de La Fontaine », comme nous avons décidé de la dénommer.

—Maxime, je voudrais discuter quelques minutes avec toi avant que tu montes.

—Heu… Oui, Mat, oui si tu veux ! Pourquoi ? s'inquiète-t-il.

—Laisse-le donc un peu respirer ! me dit Dolorès.

—Tu sais bien que les premiers instants après une prise d'otage sont primordiaux. On a l'effet positif des émotions et de la mémoire immédiate. Non ?

—Exact, Monsieur l'expert ! Je peux rester avec vous deux ?

—Excellente idée. Allons dans la salle à manger ! Bonne douche à tous ! On se retrouve dans trois quarts d'heure dans le salon. Allez !

—C'est ok, pat… Euh, Mat ! continue Léa en s'esclaffant tout en filant dans l'escalier.

Espiègle finalement cette Léa.

Par moment, j'ai l'impression de gérer une colonie de vacances d'ados qui ne savent pas dans quel guêpier ils se sont fourrés.

Nous pénétrons tous les trois dans la salle à manger dont je referme soigneusement la porte. Je nous sers un verre d'eau, et m'assied le dernier.

—Tu commences Dolorès, dis-je d'un ton grave. Je pense que tu as la même sensation que moi…

—Pas une sensation Mat, une certitude. Attends deux secondes, s'il te plaît. Ne dis rien, je reviens.

Je m'interroge en la voyant se lever, mais comprends mieux lorsqu'elle revient avec Miguel. Elle doit le mettre entièrement dans ce cercle d'enquêteurs. Après tout, c'est son adjoint, et cela permettra de mettre une pression supplémentaire sur Max.

Je regarde d'ailleurs ce dernier et le vois blêmir.

Dolorès commence.

—Max, il va falloir être franc avec nous ! Ce qui se dira ici, restera ici. Ok ?

—Euh… oui… Mais…balbutie-t-il.

—Donc, continue l'Inspectrice comme si de rien n'était, ils t'ont fait du mal, t'ont fait peur, ont voulu que tu leur dises ce que tu savais de l'histoire. Mais, comme tu ne sais rien, ils t'ont encore plus secoué… Et tu t'es fait dessus, tu as vomi, tu as pleuré. Je me trompe ou pas ? Que leur as-tu promis pour qu'ils te laissent partir ? Parle !

—…Mais…

—L'inspectrice a raison, Max, ajoute Miguel, sans aucune compassion dans son ton. Tu pues la pisse, tu ne t'en aperçois pas ? Tu as vomi sur ton pantalon. Où ça se passait d'ailleurs ? Tu ne l'as pas dit ! Tu es leur balance maintenant, c'est ça ?

—…Mais, je…

—-Maxime ! dis-je en renforçant la pression, j'ai même l'impression que tu as saigné. On t'a blessé ?

—Non !

—Donc, c'est oui ! Où ? Montre-nous !

—Non, je ne veux pas ! crie Max en pleurant. Laissez-moi ! Je ne suis pas une balance… Je ne suis pas une balance… Je n'ai rien dit !

—Parce que tu ne savais rien ! Qui t'a fait le plus de mal ? Tu nous as dit qu'il y avait Renzo, le chef, et Dante un de ses lieutenants. Qui ?

—Les deux…

—Dis-moi Max ! Ils t'ont drogué ? Depuis tout à l'heure, je vois que tu n'arrêtes pas de suer. Normal, il fait chaud, et tu es enveloppé, on va dire… Mais, je crois que c'est de la suée froide ! Si tu retirais déjà ta casquette, ce serait mieux, non ?

—C'est bon ! J'ai faim, c'est tout, un petit coup de moins bien… balbutie le jeune homme.

—Retire ta casquette ou je la retire ! dis-je alors fortement.

—Non ! crie Maxime en se levant d'un bond de la chaise. Non ! Foutez-moi la paix, foutez-moi la paix !

Maxime se précipite vers la porte et tombe nez à nez avec Amber et Léa, qui, sans le vouloir, lui barrent finalement la route.

—C'est quoi ces bruits et ces cris ?

—Qu'y a-t-il Maxime ? Qu'est-ce qu'ils te font ? Mat ! Explique-moi ? questionne Amber.

—Amber ! dis-je, dans un souffle, le cardio au maximum, je crois que Maxime veut te parler lorsqu'il sera calmé. Occupe-toi de lui !

Je n'aime pas bousculer comme cela les jeunes, mais là c'est plus fort que moi. On dirait même que ça me fait du bien. C'est fou ! Je m'en veux.

Amber semble déstabilisée. Elle me regarde, interrogative. Elle finit par emmener Max avec elle, lui passant le bras autour du cou, l'enlaçant pour le protéger. Léa enserre aussi son ami. Tous les trois grimpent l'escalier. Tranquillement. Vers un moment de vérité…

....

Ils n'en redescendent que trois quart d'heure plus tard. Tout le monde est dans le salon, comme je l'ai demandé.

Léa et Amber sont devant. Max descend doucement, beaucoup moins vite qu'elles.

Il vient s'installer en dernier dans le fauteuil près de la baie vitrée. Il regarde dehors quelques instants. Son regard est dans le vague et pourtant j'y sens une certaine détermination. Il soupire, se retourne vers l'assemblée. Il a l'air vraiment plus apaisé.

Il est toujours dans le même état qu'à son arrivée. Il n'a pas pris de douche, ne s'est pas changé.

Il retire précautionneusement sa casquette et la pose sur le bras du fauteuil. Puis, doucement, il relève sa frange. Un pansement couleur chair de quatre à cinq centimètres de long et deux à trois centimètres de large apparaît.

Il saisit un coin de ce pansement.

—Tu es sûr ? dit Léa.

—Oui ! Comme tu as dit, Amber, vous êtes mes amis… Non ? Les amis, ça comprend tout et ils sont là pour vous soutenir.

—C'est vrai. Vas-y Max !

Du pansement enlevé, apparaît une chair rosée, légèrement sanguinolente, plus une seule once de peau ne la recouvre…

—Le Tanneur, un autre lieutenant de Renzo, m'a fait un prélèvement, comme il dit ! avoue-t-il d'une voix assurée mais dont le timbre est malgré tout un peu voilé.

—Oh ! Merde ! s'exclame Thomas, interloqué. Quelle barbarie !

Tous peuvent s'imaginer la douleur atroce que cela doit représenter. Une ignominie que seul un sadique peut effectuer.

J'ai mal pour lui mais, hélas, comme Miguel et Dolorès, je sais ce que certains sont capables de commettre pour obtenir un renseignement, perpétrer une vengeance, ou effectuer un acte sur un moment de folie. J'ai de la peine et de la compassion pour lui. Il est jeune. Il s'en remettra, me dis-je, mais il sera marqué dans sa chair et dans son âme.

—Oh ! Ne vous en faites pas ! Dans sa grande bonté, le Tanneur m'a donné de la drogue pour supporter la douleur ! Trop cool, n'est-ce-pas ? Et il m'a soigné. Que vouloir de plus ? s'essaie-t-il à plaisanter.

Max est tremblant. De peur ? De rage ? De honte ? Un peu de tout cela, me semble-t-il.

—Pourquoi t'ont-ils fait subir cette torture ? demande, plaintif, Lucas.

—Pour m'affaiblir ! Ils pensent qu'après ça, ils n'auront qu'à me siffler pour que je vienne à eux. Je serai leur balance, ou plus exactement, leur taupe… C'est pour ça, j'en suis sûr, qu'ils ont fait en sorte que je puisse me libérer. Je ne suis pas dupe.

—Tu crois ? dit Emma.

—Tu sais, ils m'ont dit : on t'a prélevé un timbre, la prochaine fois, ce sera une enveloppe ! lâche Max tandis que des larmes s'écoulent sur ses joues.

Pire qu'une menace : une promesse…

Chapitre 23

Deux heures plus tard

—Qu'est-ce que c'est que ce charabia ? Tu te foires ou quoi Emma ? Ce n'est pas possible, la phrase ne veut rien dire !

—Non, je ne me trompe pas ! Les fables, je les connais par cœur. Je suis sûre de moi. Qu'en pensez-vous les autres ?

Max, Thomas, Léa, Amber et moi-même sommes dubitatifs. Dolorès et Miguel sont partis. D'autres affaires les attendent. Ils vont veiller de loin à trouver des pistes plus précises sur les mafieux. Miguel a quelques idées : secouer ses indics en fait partie même s'il sait que l'omerta prévaut dans ce milieu. Balancer sur un mafieux sicilien revient à s'exposer à une mort certaine, lente et douloureuse…

Avant de partir, Dolorès a voulu me parler seule à seul. Nous nous sommes retirés dans la buanderie à sa demande. Très attentionnée, elle m'a exposé ce qu'elle projetait de faire pour nous épauler. Avec délicatesse, je lui ai fait remarquer qu'en fait, elle ne faisait que son travail.

—Bien plus, Mat, bien plus ! Je m'inquiète pour toi, je veux te soutenir, tu es important à mes yeux. Tu comprends ?

—Bien sûr que je comprends ! Nous sommes amis depuis si longtemps. Tu comptes aussi pour moi. Ne t'inquiète pas. Je vais me sortir de tout ça et surtout sortir les jeunes de là. Tu vas m'aider, comme Miguel et Amber le feront…

—Mat ! Voyons ! Amber t'a quitté depuis deux ans. Elle a certainement refait sa vie avec quelqu'un d'autre. Elle ne veut pas t'en parler, c'est tout. C'est son droit, elle ne te doit plus rien. Tu vois ce que je veux dire ?

—Pas vraiment ! Si tu veux me remonter le moral, pas besoin ! Je vais mieux, je suis fort, tu sais, dis-je en éclatant de rire.

—L'amour c'est l'amitié rendue plus vive par la différence des sexes, Mat. Nous sommes amis, fortement amis, non ?

—…heu, oui…

—Mat, je t'aime … Je t'aime tellement. Je veux te rendre heureux. Je veux que nous soyons heureux ensemble…

Elle m'attire alors contre son opulente poitrine avec une force insoupçonnée. Je peux sentir son cœur battre et une certaine partie de mon anatomie n'est pas insensible à cette promiscuité. Ma virilité se rappelle à mon bon souvenir. En quelques secondes, mon sexe en érection remplit mon jean comme jamais depuis des mois… Je ressens une plénitude de mâle accompli, imaginant ce sexe dressé en offrande à ma compagne du moment. Mais, une idée lancinante, de plus en plus présente, de plus en plus forte, fait barrage à ses avances. C'est mon amie, ce n'est pas ma maîtresse, non ! Non ! C'est mon amie bon sang !

C'est à ce moment que Dolorès m'embrasse, forçant l'entrée de ma bouche de sa langue. Elle me pénètre comme moi je pourrais le faire. Des images érotiques, voire pornographiques, emplissent mes pensées. Je la vois nue devant moi, je me vois la prendre… Je la vois onduler de plaisir sous mes coups de reins. Je me vois jouir en elle dans des spasmes extatiques…

Non, Lola est mon amie !

Et pourtant, sa langue dans ma bouche m'affirme bien plus. C'est mon amie qui veut être ma maîtresse de ce moment…

Je la repousse… Elle résiste... Je la repousse de nouveau… Mais rien n'y fait… Elle dirige ses mains vers la ceinture de mon jean et, en quelques secondes, je me retrouve pantalon et caleçon en bas des chevilles, une de ses mains sur ma verge proéminente et l'autre caressant subtilement mes testicules…

Je pressens les instants qui vont suivre, mais je ne peux me résoudre à arrêter cette habile manœuvre. Mon cerveau ne contrôle plus rien. Alors, Dolorès me susurre à l'oreille, tel un boa qui enserre sa proie pour en finir :

—Laisse-moi faire Mat ! Je suis ton amie, je te fais du bien c'est tout ! Tu en as besoin ! Laisse-moi faire…s'il te plaît !

Quelques secondes plus tard, dans un dernier mouvement de va et vient, Dolorès, l'Inspectrice en chef du secteur, me fait jouir dans un flot important de sperme, d'une dernière habile caresse…

Bon sang…

Elle vient de franchir un cap dans notre relation. Elle m'a emmené dans son intimité, je suis rentré dans son cercle le plus précieux sans être rentrée dans son corps…

—Tu as aimé ? C'était bon ?

—…Dolorès… Heu…

—Chut, ne dis rien ! murmure-t-elle en essuyant avec un mouchoir en papier les traces au sol, tandis que je me rhabille…

Alors, l'Inspectrice Dolorès Garcia, sans un mot mais avec un petit regard victorieux, me quitte pour vaquer à ses occupations. Comme si de rien n'était…

Je préfère qu'elle n'ait rien dit, rien ajouté…. Je suis mal… Ce n'est pas mon amie de toujours qui a fait ça. Elle n'a absolument pas pris en compte ma volonté, mon désir profond … J'ai été son jouet. Elle a cru me posséder en m'offrant du plaisir physique mais pas totalement consenti… C'est comme cela que je l'analyse…

Et pourtant… Mat ! Tu as aimé ! N'exagère pas ! Ne te mens pas, voyons !

Rien que de repenser à ces instants, je sens une nouvelle érection se profiler… Tu as aimé Mat ! Ce moment t'a comblé ! La preuve dans ton pantalon !

C'était sexuellement très satisfaisant ! C'était tellement excitant ! Qu'est-ce que j'aimerais de nouveau ressentir ces pulsions incontrôlées, ces gestes instinctifs…Le plaisir à l'état pur, sans conscience…

Et pourtant… Je ne suis pas amoureux de Dolorès… sexualité, amour… Le sexe, ça a été Dolorès à l'instant, l'amour pour toujours c'est à Amber qu'il va !

Amber !

La tension imprimée dans mon bas-ventre s'estompe aussitôt, faisant place à un délicieux vague à l'âme romantique…

Ce qui vient de se passer ne compte pas…

Une voix m'interpelle tandis que je franchis la porte de cette fichue buanderie...

—Mat ? Que penses-tu de cette phrase incompréhensible ? lance Amber me faisant redescendre sur terre instantanément.

—Justement, j'y pense, Amber, j'y pense… dis-je pitoyablement tout en revenant à la réalité.

—Mouais ! s'exprime-t-elle d'un ton dubitatif.

Elle me connait vraiment bien.

Tout le monde nous regarde, interrogatifs et conscients qu'il y a pas mal de sous-entendus dans ce court échange.

—Nous t'écoutons alors ! clame, goguenard, Thomas.

—Donc, si Emma et Lucas sont sûrs d'eux… c'est que nous aboutissons à une deuxième énigme, ce n'est pas plus compliqué que cela ! dis-je triomphant, fier de ma promptitude inconsciente à résoudre des énigmes en à peine un claquement de doigt.

—Tu te fous de nous ? questionne Lucas.

—Non ! Croyez-vous que vos parents, si érudits, auraient laissé leur énigme, bien plus précieuse que leurs vies, si facilement décodable ? Ils étaient doués et tellement opiniâtres. Votre maman a dû trouver un système tellement tordu qu'il va falloir se creuser les méninges. Votre père en a certainement rajouté une couche !

—C'est vrai, Mat ! renchérit Emma, une larme au coin des yeux.

—Ce dont je suis sûr c'est qu'ils ont glissé dans l'énigme des éléments avec l'archéologie ou l'histoire, pense tout haut Lucas.

—Leur domaine de prédilection en histoire ? demande Amber.

—18ème siècle ! tonne Emma.

—Oui, 18ème siècle ! reprend Lucas.

—Cool… désespère Max. C'est-à-dire ? Qui peut m'aider à réviser…

—Répartissons les recherches. Quels sont les points, les moments historiques importants du 18ème siècle qui passionnaient Lucie et Emilio ? Emma et Lucas vous serez dans ce groupe avec …humm… Amber, et Léa !

—Thomas, Max et moi chercherons pourquoi nous obtenons une phrase incompréhensible. Je suis sûr que c'est peu de chose qui nous fait butter. Allez ! Au job !

Je suis en forme, je suis galvanisé, gonflé à bloc. Je me demande ce qui me met dans un tel état. En tout cas, je me sens décontracté, ôté d'un poids, plus léger… Non, non ! Ne pensez pas que mon petit interlude y est pour quelque chose lorsque je dis me sentir plus léger ! Je parle, bien entendu, de mon état d'esprit, de mes sentiments !

Hélas, évidemment, des effluves de vodka flotte dans mon inconscient. Mais, quand je vois le regard tellement empathique qu'Amber

185

me lance à cet instant, je ne peux que me sentir comblé. Se pourrait-il que…

Mon téléphone sonne et interrompt mes pensées. C'est Dolorès … Ah ! Dolorès…

Je m'éloigne et fais un signe à Thomas et Max pour leur signifier que je reviens vite.

Les effluves d'alcool que je perçois inconsciemment m'emmènent très vite alors dans des souvenirs beaucoup moins romantiques… mais drôlement excitants…

—Oui Lola ! Euh… Dolorès ! Je me reprends vite en observant le regard noir que me lance Amby, …enfin Amber, …enfin…mon ex… !

Chapitre 24

Au même moment, à l'autre bout de Malaga, dans un atelier

—Heureusement Federico que tu as loué deux ateliers automobiles ! Il commençait à être un peu insistant près du premier, ce sportif de mes deux ! Enfin… sportif ? Il m'avait plutôt l'air d'un flic en congé. Il voulait faire du zèle le ringard ! clame Renzo, rouge d'énervement.

—Tu crois que le petit gros, pendant sa fuite, l'a vu et lui a parlé ?

—Non, répond Dante ! Il avait trop peur. Il a pris la poudre d'escampette à toute allure ! Le flic n'était de toute façon pas visible. En revanche, on est sûr d'avoir tout nettoyé ? Il ne faudrait pas qu'ils nous grillent dans l'autre cache et remontent jusqu'à nous !

—On ne s'était pas étalé de toute façon, ajoute Matteo.

—Peut-être pas, mais je vous rappelle que l'autre fois, on a laissé sur place mes gants et mon bracelet !

—Renzo ! Lesquels ? demande Le Tanneur.

—Les bleus !

—Si la police y regarde d'un peu plus près, ils y verront ma signature. Merde ! Renzo ! Tu ne pouvais pas faire attention !

—Tu parles ! Ils ne verront rien, et, quand bien même, tu n'es pas connu dans le monde entier, Monsieur ! N'exagère pas, tu ne restes qu'un sadique !

—C'est dérangeant tout de même… Je ne suis pas un sadique, Renzo, je suis un artiste dans mon domaine.

—La police a compris que des pros sont dans le secteur. C'est certain ! J'ai l'impression que personne n'a fait le lien entre les deux macchabés et nous. Enfin, si ! Peut-être ce Mat. Il est loin d'être con, je pense.

—Si on se résume, dit Dante, en face de nous, il y a les jumeaux, Max, un gars qui s'appelle Thomas, une fille Léa, une femme qui doit être l'ex du prof en crimes et l'inspectrice aux gros nichons, Garcia. Ah oui ! Son assistant Miguel.

—Heureusement que nous sommes bien informés ! Parce que pour l'instant, messieurs, nous n'avançons guère ! explose de rire le Tanneur.

—Une taupe est toujours utile…dit Dante.

—C'est qui, au fait, cette taupe ? demande Renzo afin de changer de sujet. Je t'ai fait confiance, mais comment as-tu procédé ?

—Il y a quelques années, j'organisais des paris, illégaux bien sûr, sur des combats de MMA hors circuit. Vous savez, ces combats où tous les coups sont permis ! Plusieurs fois dans l'année, un gars de Séville y participait. Un costaud qui me faisait gagner beaucoup de fric. Fort quand il fallait gagner mais qui savait se coucher lorsqu'on le lui demandait. Je l'ai contacté hier matin. En souvenir du bon vieux temps, il est allé à la pêche aux renseignements. La rumeur circule que sur Malaga des pros ont opéré, et qu'un couple a été assassiné dans une maison isolée de l'arrière-pays. Il a su qui suivait l'affaire. C'est la Dolorès Garcia !

—Balaise Dante ! s'exclame Matteo.

—Attends ! Je lui ai demandé de gratter un peu plus. Devine ce qu'il a trouvé ?

—Comment tu veux que je sache ? rétorque Matteo.

—Un gars qui se nomme Miguel Quispe, un flic, qui est l'assistant de l'Inspectrice Garcia. C'est un vrai champion, ce type ! Un spécialiste du MMA, mais qui s'est fait virer.

—Il s'est couché trop souvent ?

—Non, justement. Plusieurs fois ça lui a été demandé, il a empoché le fric mais a démoli avec un malin plaisir ses adversaires… Quand il est sur un ring, c'est un fou furieux ! Une vrai bête ce Miguel Quispe. Les femmes l'appelaient aussi l'étalon… Vous imaginez pourquoi ! Depuis le temps, il a réglé ses dettes puis on l'a recruté dans la police ! Je me demande s'il est encore aussi fort…

—On s'en fout ! S'il nous embête, un bastos entre les deux oreilles, et ton champion ira se battre en enfer ! rit Federico.

—Toujours poète ! renchérit Matteo.

—En tout cas, mon gars va le recontacter et tâchera d'en savoir plus sur le suivi de l'affaire. On devrait recevoir un coup de fil d'ici peu.

—Pas vraiment une taupe, le Miguel !

—A son insu, si ! L'essentiel est d'être informé pour avoir un coup d'avance, non ?

—C'est vrai. Une idée pour les dénicher ?

—Dis ! Renzo. Qu'ont-ils de si importants ces documents pour que l'on reste déployés en Andalousie si longtemps ? questionne, irrité, le Tanneur. Tu ne m'as quand même pas fait venir pour prélever juste un timbre ?

Tous les regards se dirigent vers leur chef. On sent Matteo très tendu : on ne touche pas à Renzo, jamais !

—J'ai bien entendu ?

—Je ne te manque pas de respect, comprends-moi bien Renzo. Je vénère ton père, puisse-t-il guérir vite ! Et toi, je t'admire. Tu réussis à tenir le clan d'une main de fer. Nos jours sont prospères, grâce à toi. Mais cette situation m'énerve au plus haut point. Désolé, Renzo !

—C'est une menace ? questionne Renzo en se tenant bien droit, son visage anguleux toisant le Tanneur bien plus petit que lui.

—Voyons ! Renzo… Qu'est-ce que je viens de te dire ? Je suis de ton clan, mais je reste indépendant, ne l'oublie pas. Si je suis ici, c'est parce que j'ai accepté de répondre favorablement à ta requête. Tel est l'accord que j'ai passé avec ton père il y a quelques années. Indépendant ! Maintenant, je me demande si ma présence est vraiment nécessaire… On dirait que cette mission est un flop ! Tu ne crois pas ?

Renzo ne bouge pas. Il réfléchit vite. Un geste de sa part et ses fidèles soldats s'empareraient du Tanneur et l'enverraient ad patres ! Enfin… c'est ce qu'il pense. Le Tanneur, à sa façon, inspire le respect aussi. Le respect dû à la peur. Il ne peut avoir confiance qu'en Matteo !

Qu'a-t-il au fond de sa poche droite, là où est sa main depuis tout à l'heure ? se demande Renzo. Serait-ce le rasoir affuté qu'il montre à qui veut le voir ?

Après tout, il est sans doute temps de dévoiler le but de leur quête. Il n'a pas tort ce taré !

Il rit à gorge déployée, et s'exclame :

—Bien sûr que tu as le droit de demander ! Par respect pour toi, et vous autres également, je vais vous le dire tout de suite ! ajoute-t-il en toisant l'ensemble du groupe.

Renzo raconte rapidement le début de l'histoire, l'apprentie des archéologues, les photos des documents importants, le décryptage partiel de ces pages incomplètes. Bref, l'essentiel.

—Les trois spécialistes auxquels nous nous sommes adressés pensent que ces recherches tracent la route de mutations biologiques qui permettraient d'augmenter l'espérance de vie, pour peu, pensent-ils, qu'on ingère une substance en une seule ou plusieurs prises.

—Augmenter de combien ?

—Trop incomplet pour le supposer, Federico !

—Et ton père pourrait en bénéficier ? questionne le Tanneur.

—Exact ! Mon père en serait le premier bénéficiaire. C'est notamment cette raison qui me pousse à trouver ces documents !

—Et nous, peut-être ? s'enquiert Ignazio, silencieux jusqu'alors.

—Je vais être clair, Ignazio. A voir, à voir…Ok ? En tout cas, on pourrait en tirer énormément d'argent et là, les gars, vous deviendriez tous riches ! Vous palperiez des dollars à foison, je vous le certifie !

Un hourra retentit immédiatement. Heureusement que l'atelier est isolé, se dit Renzo, satisfait. Sa meute est de nouveau motivée, ils vont donner le meilleur d'eux-mêmes. Reste le Tanneur à se méfier… peste-t-il.

Il est interrompu dans ses pensées, non par les discussions de ses soldats qui vont bon train sur ce qu'ils pourraient faire ou ce qu'ils pourraient s'offrir avec une grosse prime, mais par un téléphone qui sonne.

Dante décroche.

—C'est mon combattant ! chuchote-t-il à la cantonade. Ouais, Pepe ! Quoi de neuf !

Tout en écoutant ce que dit son indic, son visage s'éclaire, s'illumine, rayonne…

—Ok Pepe ! C'est toi le meilleur ! Je vois si je peux faire un saut à Séville dans les prochains jours et tu auras ta monnaie, sinon, je te ferai livrer le colis, t'inquiète ! Super ! A plus ! Et si tu as d'autres infos, je suis ton homme, Pepe !

Dante raccroche.

—Ils sont localisés. Il m'a donné l'adresse de leur nouvelle planque. On va leur faire cracher le morceau à ces rigolos ! A nous les documents, la longue vie et l'argent !

—Super ! Ton gars, le Pepe, il ne joue pas double-jeu quand même ?

—Non, c'est un honnête, enfin tu me comprends ?

—Ok ! Mais il nous faut un plan solide avant. Nous jouons notre dernier coup, et devons faire échec et mat ! proclame Renzo

Tout le monde s'installe autour de la table. Tous sauf un, Le Tanneur, le terrible Tanneur, qui reste debout derrière Renzo, légèrement décalé à sa droite.

Ostensiblement, irrespectueusement.

Renzo fait un petit clin d'œil à Matteo, juste en face de lui. Personne ne le remarque. Imperceptiblement, Matteo fait un léger signe de tête, scrutant les réactions du Tanneur. Sa main se positionne sur la poignée de son shuriken, placé dans une poche basse de sa chemisette, bien dissimulé. Cette arme traditionnelle japonaise, en forme d'étoile, trancherait, une fois lancée, la gorge de quiconque serait sur sa trajectoire, et ce, en moins de deux secondes.

Matteo se ferait tuer pour Renzo. Il y a une très bonne raison à cela !

Hé oui… C'est son frère… Son demi-frère plus exactement…

Matteo est l'aîné, mais ce n'est pas un pur race Lombardo ! Leur père a choisi le plus jeune, Renzo, comme chef de clan car sa mère est légitime.

Il a confié à Matteo la délicate mission de veiller sur son frère.

Jusqu'à la mort ! avait promis Matteo à leur père.

Le moment approche peut-être …

Chapitre 25

Temps passé : 5h

—Zut !!!

C'est tout ce que je réussis à dire avant qu'une masse de terre ne me recouvre le côté droit de la tête…

Je m'ébroue péniblement. J'en ai dans les oreilles, c'est plus que désagréable, c'est angoissant. Je crache, je tousse, je suffoque, car même si, instinctivement, j'ai fermé la bouche, j'ai ingurgité un peu de cette mixture de terre et de je ne sais pas quoi…

Mes yeux se réouvrent laborieusement, et il me semble que j'ai un peu plus d'air à respirer… Bizarre… Impression ? Réel ?

Péniblement, je ramène mon bras droit vers mon bras gauche en le passant sur mon torse. La manœuvre est compliquée mais tout ce qui compte c'est que le cercueil ne se soit pas écroulé ! Une grosse fente s'est même ouverte sur ma gauche m'amenant un peu plus d'air… Là c'est réel, je le sens bien, et ça me rafraîchit et remotive.

Mais pourquoi m'est-il difficile de bouger mon avant-bras gauche ? Lorsque j'ai retiré le morceau de bois tout à l'heure, j'ai passé à un moment donné ma main derrière, côté extérieur au cercueil. C'est étrange. En y réfléchissant, j'ai pu l'avancer d'une bonne partie. On aurait dit qu'il y avait du vide. Mon bras est donc bloqué maintenant par un poids. Une pierre ? Non. Quoi ? Avec mon bras droit, je tire vers la droite, à hauteur du biceps gauche. Je sue comme un bœuf ! Je dois libérer ma main gauche et la rentrer bien au chaud, si j'ose dire ! Je suis exténué, presque en apnée. Une odeur nauséabonde me fait suffoquer. La boue en dessous de moi doit y être pour quelque chose. A part le bruit que font mes mouvements dignes d'un panda, je n'entends rien. C'est bon, j'ai presque ramené mon bras à l'intérieur de mon « abri » ! En même temps que je retrouve mon bras, ma main a toujours un poids dessus.

La fente semble s'être encore agrandie. Je n'ose y croire. Je décide de m'offrir un peu de lumière avec ma montre pour comprendre ce qui bloque ma main. Je tourne lentement la tête vers la gauche. Je commence à secouer mon poignet droit tout en étant bien conscient que je n'aurai qu'une trentaine de secondes de luminescence.

—Merde ! Au secours !

Quelle horreur ! Je tente de frapper avec mes pieds le fond du cercueil, de pousser vers ma droite, de faire n'importe quoi pour m'échapper. Davantage de terre, voire de la boue s'échappe de tout côté… Stop ! Arrête donc, pauvre idiot de Mat !

Je cesse spontanément tout mouvement. Je tourne à nouveau ma tête vers la gauche, secoue à nouveau ma montre, et constate que c'est bien … une main qui est apparue ! Oui, une main assez poilue, avec une grosse montre au poignet, une grosse chevalière à l'auriculaire, et … elle est bien froide…

Pour résumer, à côté de moi, loge un mort, un cadavre, une dépouille, un macchabée quoi !

—La vache…Remets-toi Mat ! Ne panique pas ! Réfléchis…

Des morts, je sais ce que c'est ! Mais quand même ! Là, je suis allongé à côté d'une dépouille, dans une espèce de cercueil, dans un cimetière. Honnêtement, il y a de quoi flipper, non ?

Résumons-nous, et synthétisons ! Mat, le criminologue, reprend alors le dessus. L'air ressenti, c'est probablement qu'il y avait un cadavre pris en sandwich entre deux couches de terre meuble. Lorsque la couche inférieure s'est dispersée quelque peu dans mon cercueil, cela a probablement fait s'écrouler de plusieurs centimètres le mort. Un peu d'air de l'extérieur, ou une poche d'air, que sais-je, est venue providentiellement m'apporter quelques minutes de répit. Avec la puanteur en plus… la puanteur de la mort…

Il est allongé dans le même sens que moi. Il porte une montre à son poignet. Je peux la toucher à ma gauche. Il est sur le ventre.

Avec ma main droite, je la lui saisis. Macabre situation.

Examinons-la. Je secoue ma main droite et la lumière s'allume. Pas possible ! Je tombe immédiatement sur un indice important : un nom inscrit sur le dos de la montre : Matteo. Matteo L.

Matteo du clan Lupu. Matteo un des hommes de main de Renzo Lombardo.

Tout ou presque me revient. Le tête à tête avec Renzo et Matteo, la bagarre, les discussions, le voyage jusqu'au cimetière, le trou, ce gars Matteo qui tombe dans un trou, et pour moi, un coup de poing, et je tombe dans une caisse… Matteo s'est fait descendre par un concurrent de Renzo, pratiquement sûr ! Et lui, Renzo, est assez tordu pour s'en être sorti !

Pourquoi me suis-je retrouvé avec eux ? Oui, les souvenirs s'enchainent… C'était pour les aider à découvrir les documents, sous forme de carte mémoire probablement, contre la promesse de nous foutre la paix. Toujours est-il que Renzo m'a enterré vivant afin de prendre le temps d'aller vérifier le contenu de la carte, me semble-t-il.

Mais, l'a-t-il eu la carte mémoire ou la microcarte ? Je ne sais même pas vraiment où elle se trouve !

Deux possibilités. Soit il est mort… Personne ne viendra alors me chercher. Son meurtrier n'en a rien à foutre puisqu'il a dû récupérer la microcarte. Soit, il est retourné dans sa planque pour mettre la carte sur son ordinateur, et il prend le temps de se faire des pennes à la sicilienne avec ricotta, en se fichant de ce qui peut m'arriver car il est trop énervé. Ou, dernière possibilité… Bin, ça fait trois mon Matthieu ! Et non pas deux possibilités… J'ai mal à la tête. Je ne suis vraiment pas bien. Troisième possibilité, il n'a rien trouvé et il s'est barré… Pardon, ils se sont barrés !

Positif Mat ! Positif !   Il ne faut rien lâcher…

La montre, sa montre, je dois en faire quelque chose.

J'observe aussi la chevalière à l'auriculaire gauche de Matteo. Il est donc l'aîné de sa fratrie, car, selon la coutume, c'est l'aîné seul qui porte la chevalière à l'auriculaire gauche. Je la lui retire et y lit les initiales : M.L... C'est confirmé. Un Lombardo !

Je cogite quelques instants : Matteo Lombardo. Non, impossible… L'aîné des enfants de la fratrie de Lupu… Non ! Pourtant, la ressemblance est là, c'est vrai, me dis-je en revoyant les deux visages de mes agresseurs de tout à l'heure. Je suis estomaqué. Des frères ! L'aîné, homme de main, je dirais alors plus exactement, homme de confiance du plus jeune, Renzo ! Alors là, respect pour ce Renzo.

Je pense alors aux mains de Renzo, aux fameux gants bleus. J'y avais remarqué un doigt légèrement abimé, l'auriculaire droit, l'emplacement de la chevalière lorsque l'on n'est pas un aîné. Ah… ces coutumes qui permettent parfois à des professionnels observateurs comme moi d'apprendre beaucoup ! Si son frère a été liquidé, certainement en le défendant, Renzo a dû trouver l'énergie nécessaire pour échapper au meurtrier de son frère. Il ne se laissera pas faire et se vengera ! Peut-être viendra-t-il me rechercher ? Espoir quand tu nous tiens…

Je regarde sa luxueuse montre, une sportive, avec Bluetooth. Encore pour quatre à cinq heures de batterie… Si je réussis à entrer le numéro de quelqu'un qui est dans ma liste de contacts dans mon téléphone, si je peux écrire un message sur la montre, peut-être que… Mais il faudra réussir à faire sortir la montre à l'air libre. Si c'est une montre cellulaire, je peux téléphoner, sinon il me faudra mon téléphone à portée…

Mon téléphone ! Parlons-en ! Je ne l'ai pas sur moi, c'est certain ! Je ne sens rien dans mes poches, ni à côté de moi… Quel aurait été l'intérêt pour les ravisseurs de me poser mon portable à côté dans mon cercueil ? N'importe quoi, Mat ! Donc, je ne l'ai pas à mes côtés. Ou il a été perdu dès le départ, ou… Aucune idée ! Peu de chance donc que mon hypothétique plan fonctionne !

Voilà de quoi m'occuper un moment. Cherchons les solutions malgré tout, et passons à l'action. Mais cela me paraît compliqué…

Peut-être la fin de mon calvaire ?

Je n'y crois pas… Trop d'incertitudes…

J'ai soif. Hé oui, quand rien ne va, j'ai soif !

J'ai très soif.

Vodka… Vodka… Vodka…

Une litanie quasi extatique…

Je veux mon breuvage de vie…

Et je me mets à hurler :

—Vodkaaaaaaaaa !

Chapitre 26

La nuit dans l'auberge « la Cocina »

Tout le monde s'est écroulé de fatigue. Tout le monde dort… sauf moi. Peut-être également ce pauvre Max. Je ne reconnais plus en lui le garçon que j'ai rencontré dans la salle de conférence il y a peu… Son innocence a été terrassée par la vue de mes deux amis suppliciés, mais également par la torture qui lui a été infligée. Comment peut-on ne pas être bouleversé par ces évènements à son âge ? Il s'est pris l'horreur du monde en pleine figure. Son caractère et son comportement vont forcément changer. Mais il pourra compter sur nous. Désormais, nous sommes une équipe qui cherche à se défendre, à défendre la vie de groupe et chaque personne qui la compose. Pour cela, il nous faudra traquer le plus rapidement possible Renzo et sa clique, et les faire enfermer. Simultanément, il nous faudra résoudre l'énigme créée par Lucie et Emilio.

Nous avons plusieurs pistes... Le 18ème siècle semblait les attirer. C'est le siècle des Lumières, de la Révolution française et... de plein d'autres choses... ce qui nous ennuie profondément d'ailleurs. Néanmoins, il a été décidé de s'arrêter à ces deux pistes afin de trouver la deuxième clé de l'énigme. Parfois il faut savoir renoncer, et renoncer c'est choisir.

J'ai proposé de continuer la recherche, seul. Le silence et la solitude favorisent ma réflexion.

Une idée germe peu à peu. Enigme. 18ème siècle. Passion scientifique de mes amis... La révolution scientifique de ce siècle... Scientifique, lumières, les philosophes... C'est en train de mûrir...

Un long silence. Je vais trouver. Je respire calmement. Je suis bien. Je n'ai pas besoin d'alcool à cet instant...

Je suis bien lové dans mon lit, entièrement nu comme d'habitude. La fenêtre est entrebâillée, j'ai trop chaud. Mon esprit cherche la solution de l'énigme tout en se remémorant l'intimité partagée avec Dolorès. Je sens que ma virilité se réveille et que franchement, pour tout dire, je suis en train de bander...

Un craquement sec dans le jardin puis un deuxième se font entendre. Des branches foulées peut-être... J'entends des voix graves à l'accent italien ? Sicilien ? Je rêve... Non ... Maudits truands. Ils ne nous lâcheront jamais ! C'est que le jeu en vaut largement la chandelle alors !

Tout s'enchaîne alors que je me lève. La porte s'ouvre violemment sur une femme d'une quarantaine d'années, fusil à la main. Elle me regarde alors que je suis nu comme un vers, ouvre la bouche et me chuchote :

—Mat ! Je suis la sœur de Paula. Des hommes sont entrés dans notre propriété. Ils sont armés. Chut.... J'ai donné un pistolet à votre femme, enfin... bref, à Amber. Paula est en bas, derrière le comptoir avec deux fusils de chasse. Prenez ce pistolet et mettez quelque chose sur vous, jeune coq ! Vous me semblez bien excité ! On dirait Franco, mon ex, un bon maçon ! En bas dans dix secondes ! Et chut...

Elle disparaît après avoir posé le pistolet sur le bureau à l'entrée de la chambre.

J'enfile mon jogging difficilement car un objet encombrant freine l'action... Puis, soudain... Euréka ! Les rouages de mon esprit se mettent à s'échauffer eux aussi.

J'ai trouvé ! J'ai trouvé ! Maçon… Franco ! 18ème siècle… la franc maçonnerie, leurs codes … Je me souviens qu'il y a quelques années pour le cadeau d'anniversaire d'Emilio, Lucie lui avait offert un livre à ce propos…

Bon sang ! Je suis un génie ! Et… un cochon…

Mon tee-shirt est enfilé, mon ardeur primaire s'est calmée, je descends quatre à quatre l'escalier, pour m'apercevoir que tout le monde est en bas dans l'obscurité. Seul le clair de lune par endroits éclaire la salle de restauration. J'en ai la chair de poule.

—J'ai appelé l'Inspectrice, Mat. Elle sera là dans cinq minutes avec des renforts, me chuchote Amber. Elle n'était pas loin. Il faut qu'on tienne !

—Tout le monde allongé au sol ! Amber et Paula, vous visez la porte, moi, les deux fenêtres de droite, et toi, la sœur de Paula, la fenêtre à gauche et tu jettes un œil à la porte latérale !

—Almudena ! Je m'appelle Almudena ! Me répond-elle mais assez fort pour que chacun puisse entendre.

Tous les regards se tournent vers moi. Mon ton est serein, posé. J'essaie d'être rassurant mais réaliste. Ils doivent savoir !

—Ecoutez. Dès que la porte s'ouvrira… vous faite feu, un mètre au-dessus du sol. Vous voyez quelqu'un à la fenêtre…vous tirez à une vingtaine de centimètres au-dessus de l'appui. Ok ? Tu as fourni assez de balles, Paula ?

—Suffisamment pour tout faire pétarader pendant une demi-heure, dit-elle en ricanant. Quand on est seule et en pleine campagne, faut se tenir prête !

—La vache ! dit Thomas. Paula ne rigole pas ! dit-il en lui levant le pouce.

Je sens que toute la troupe est sous tension. Je distingue Léa et Emma qui se serrent l'une contre l'autre, entre deux meubles, enlacées par Lucas. J'en ai la larme à l'œil. Les jumeaux…

Max est terrorisé. Il est en plein reflet de la fenêtre. Je lui fais signe de bouger et d'aller se cacher près de Thomas, sur le côté droit du bar. Il me fait signe que non, et rampe jusqu'à l'autre côté. Je distingue une trace humide sous lui alors qu'il se déplace… le pauvre !

—Courage à tous ! dis-je solennellement. On risque de se faire tuer. Nous sommes moins expérimentés qu'eux. Mais si nous ne faisons rien, vous avez vu Max ? Alors, on n'hésite pas, on les trucide ces Siciliens de malheur ! On doit les abattre ! Ceux qui n'ont pas d'armes, cachez-vous au maximum, et lorsqu'on vous visera à bout portant, tentez le tout pour le tout, bon sang ! Vous n'avez rien à perdre. Je vous aime tous et toutes ! Soyons prêts ! Allez !

Sur ces mots, justement comme dit précédemment, la porte s'ouvre brusquement et claque contre le mur intérieur dans un bruit assourdissant.

—Ne tirez pas ! crie aussitôt une voix féminine, suivie d'un grognement quasi animal.

Dolorès et Miguel !

—Ne tirez pas ! répète Dolorès.

—Comment ça se fait ? demande Léa. Où sont les Siciliens ?

—Du calme, du calme. Tout d'abord, posez vos armes les touristes ! Tout va bien ! Vous êtes tranquilles pour le moment ! clame Miguel, à la carrure impressionnante dans la lumière blafarde.

Les armes sont posées au sol, nous nous rapprochons, encore tremblants, de nos deux sauveurs.

Dolorès me dévore littéralement des yeux. Miguel, visage fermé, me fusille du regard, en récoltant les armes au sol. Moi, je ne vois qu'Amber…

—Donc, comment ça se fait ? réitère Léa.

—A mon avis, c'est une longue histoire ! ajoute Thomas en riant. De nervosité et de peur…

Chapitre 27

—Vous êtes en sécurité maintenant. Deux de mes hommes resteront avec vous ! annonce Miguel à la cantonade.

Un parfum de nature endormie traverse les fenêtres désormais entr'ouvertes. On distingue la clarté de la lune au travers de quelques nuages d'altitude. Il est 1h30 du matin, tout le monde est encore debout, une boisson chaude à la main. Les jeunes ont délaissé leurs bières habituelles pour un café serré afin de tenir le choc. Je crois, cependant, que c'est l'adrénaline qui nous maintient éveillés.

—Mais pourquoi Inspectrice, demande Léa, êtes-vous restée tout à l'heure à proximité ? Un pressentiment ?

—Oui, ma petite ! Un pressentiment, une intuition, l'expérience, comme tu veux ! En tout cas, la quasi-certitude que ceux à qui tu tiens vont être en danger… termine Dolorès, un coup d'œil appuyé dans ma direction.

Je me sens gêné…et flatté.

—C'est gentil de nous protéger comme cela, ajoute, finaude, Amber en me fixant.

Je me sens flatté…et content.

—Nous étions dans la voiture à quelques kilomètres d'ici, planqués, bien au chaud tous les deux, à attendre la suite des évènements, déclare Miguel.

—Mouais… répond Dolorès agacée. Je pense qu'avec l'expérience, on sent les choses. Comment un gars comme Renzo Lombardo pourrait-il accepter de se faire doubler par des débutants dans le crime organisé ?

—On ne vous dénigre pas, bien au contraire ! Pour Renzo et son équipe c'est un affront ! Pensez à ce qu'ils ressentent ! Des pros face à des bleus, et au moins 2-0 au score ! ajoute Miguel.

—Comment ça ? demande Thomas.

—Lucas, tu ne t'es pas fait prendre, et Max a su s'échapper, rétorque Miguel. Où est-il d'ailleurs ? continue-t-il d'un ton inquiet.

—Il prend sa douche, il avait chaud, dit tranquillement Lucas.

Personne n'est dupe.

—C'est qu'il a quand même morflé, Max ! Avec en plus tout ce qu'il ne nous a pas dit…

Effectivement Léa, pense Max assis sur la dernière marche en haut de l'escalier. Je suis propre de l'extérieur, mais me sens sale à l'intérieur. Oui, tout ce dont je n'ai pas parlé… Me forcer à me déshabiller pour prendre des photos très humiliantes… Se moquer de ma surcharge pondérale... Les questions insistantes, forcées à l'extrême sur mes relations intimes. S'ils savaient…Si tu savais, Léa, qu'il n'y a que toi qui comptes à mes yeux…

—Je voudrais l'aider, dit Lucas, mais je ne sais pas comment. L'accepterait-il ? N'empêche que s'il nous avait trahi, et il aurait pu le faire, nous ne serions pas là… C'est un gars courageux ! Je pense le plus courageux de nous tous. C'est un héros !

—N'exagère pas quand même ! Moi, je trouve qu'il est pleurnichard ! claque Thomas.

Oui… Thomas est aussi amoureux de Léa. Ce gars-là, il a ses chances, pense Max avec tristesse. En revanche, lui, il est gros et moche.

Ce sont des mots qui font mal. Max veut passer à autre chose. Maintenant, en tout cas, il sent bon.

Il doit se ressaisir. Rien ne sera plus comme avant. Il doit aller au bout de son projet pour s'en sortir. Aller aux U.S.A., à New-York précisément, à l'université. Son dossier a été accepté. Il le sait depuis une semaine. Il ne l'a pas encore annoncé à ses potes, …ni à Léa. Il voulait le faire lors de leur rencontre programmée, mais les évènements se sont enchainés. Chienne de vie !

Désormais, il se vengera… Jamais plus la peur ne lui tirera les entrailles, jamais plus il ne pleurnichera, jamais plus il ne baissera le regard. Qu'on lui dise encore qu'il est gros, moche et lâche ! Il démontera quiconque osera !

Plus jamais ça !

Il se sent ragaillardi, se lève, et descend lourdement les escaliers pour accaparer l'attention.

A sa surprise, Léa se lève, se précipite vers lui, monte les dernières marches qu'il lui reste à franchir, et lui fait un énorme baiser sur la joue.

—Que tu sens bon, Max ! C'est très agréable ! lui susurre-t-elle à l'oreille.

Elle ajoute même en baissant encore plus la voix :

—Tu comptes beaucoup pour moi…

Max continue d'avancer, comme si de rien n'était, et s'assied dans le seul fauteuil libre. Je l'observe. Il est ému et heureux. Les propos de Léa doivent y être pour quelque chose.

L'Inspectrice décide alors de prendre la parole.

—Bon ! Le signe donné par Renzo est clair. Ils ne vont pas en rester là. Si nous n'étions pas arrivés à temps, Dieu seul sait ce qu'il vous serait arrivé ! Miguel et moi avions vu un fourgon emprunter cette route. Ce n'était pas normal. La nuit, jamais personne ne le fait, c'est trop dangereux. Miguel a appelé immédiatement les renforts qui sont arrivés vite, heureusement. On les a vus filer, ces salauds ! On pense qu'ils étaient six. Paula, ils t'ont laissé un message, hélas… un macabre message ! Je dirais plus exactement que ce message s'adresse à vous tous. Tu devines ?

—Heu, non !

—Qui était dehors, Paula ?

—Salvia ? … Les salopards !

—C'est qui Salvia ? questionne Thomas en regardant Almudena qui est juste à côté de lui.

—La chèvre…

—Oh, merde…

—Oui, la chèvre ! Ils l'ont… dépecée. Entièrement, ils sont drôlement habiles ! Vous n'avez rien entendu ?

—Je ne dormais pas, dis-je. A un certain moment, un bruit m'a tiré de mes pensées. Mais je ne sais pas ce que c'était, j'étais tellement absorbé.

—Tu m'étonnes ! s'exclame Almudena, la témoin de la conséquence de mes divagations ….

—Il y a eu des craquements près de l'emplacement du barbecue, dis-je, probablement empourpré.

—C'est l'endroit où ils ont dépecé la biquette, effectivement. Ils ont dû faire ça en trois à quatre minutes chrono. Un pro !

—Le Tanneur ! s'exclame Max. Ce ne peut être que lui. Un pro du dépeçage ! Le Tanneur…

Un silence pesant s'installe. Des effluves du gel douche de Max m'arrivent aux narines. Un hululement dehors, des bruits de voix s'ensuivent, sans doute les policiers restés sur place.

—Les as-tu mis au courant des différents événements ? dis-je en m'adressant à Dolorès, et en pointant la porte extérieure d'un hochement de tête.

—Non, nous avons raconté que l'un d'entre vous est l'enfant d'une personnalité célèbre qui intéresse la pègre. L'affaire doit être étouffée pour faciliter à la fois la protection et la traque.

—Pas mal !

—Pas mal pour l'excuse ? questionne langoureusement Dolorès.

Thomas éclate de rire. Je le fusille du regard, et il manque de s'étouffer. De nouveau, un lourd silence s'installe. La fatigue et le sommeil se font ressentir tandis que Léa baille bruyamment, ce qui nous fait sourire. Elle roule des yeux, gênée, met trop tard la main devant la bouche, et hausse les épaules de manière enfantine…

—Avez-vous résolu l'énigme ? questionne Max à la cantonade, brisant ainsi l'atmosphère électrique et irrespirable.

—Oui, je suis presque certain qu'il s'agit d'un chiffrage franc-maçon. La franc maçonnerie débute en France au 18ème siècle, leur siècle de prédilection. Je me souviens que Lucie avait offert à ton père un livre sur les énigmes de la Fraternité. Presque sûr qu'ils ont exploré tous leurs secrets, surtout votre père. C'est certain ! La phrase prendra du sens avec ce décodage, voire un double décodage, là ce serait l'œuvre de ta mère Emma ! dis-je.

—Oui, ça lui ressemble beaucoup, ajoute Emma, un sourire aux lèvres.

—Allez hop ! Reprenez vos portables, remettez les puces, je pense qu'il n'y a plus de problèmes de géolocalisation. Cherchez ensuite les codes possibles, divisez le travail, et on va le déchiffrer ce satané message !

—Il est tard, non ? remarque Amber.

—Je sais, mais on n'a pas le temps ! dit Max en résonnance à ses propos. Tout à l'heure c'était biquette qui était torturée. Avant, c'était moi. Le prochain … On parie sur qui ?

Le ton est donné.

—Tu as raison, entonne Miguel. Paula, tu nous refais un bon café ?

—C'est parti ! dis-je. Moi, je monte prendre une douche. Répartissez-vous équitablement le travail puis déposez vos propositions sur le meuble de la salle à manger. Allez-vous coucher ensuite ! Vous l'aurez bien mérité. Je me lèverai vers quatre heures pour les étudier. J'aurai l'esprit plus clair. Au petit matin, je suis sûr que nous aurons la solution !

Les groupes se forment.

C'est agréable de ne pas avoir à répéter plusieurs fois la même demande...

Je monte quatre à quatre les marches de l'escalier, franchis la porte de ma chambre, me déshabille rapidement et me glisse dans la douche. L'eau tiède me détend. C'est très agréable. Je ferme les yeux et laisse divaguer mes pensées. J'essaie de ne plus réfléchir à l'affaire en cours. J'ai besoin de me laisser aller pour mieux réfléchir ensuite. Mes pensées vont encore vers Amber. Je ne peux pas faire autrement en sachant qu'elle se trouve non loin de moi. Des pensées diablement érotiques... Le fait de ne pas consommer d'alcool m'emmène sans doute vers la recherche d'autres sensations, d'autres plaisirs ; je ressens des envies, des besoins. Le besoin de plaisir, depuis notre cinq à sept avec Dolorès, se fait d'ailleurs de plus en plus insistant. Je repense aussi à la venue inopinée d'Almudena dans la chambre tout à l'heure, son regard posé sur ma virilité retrouvée. Je baisse les yeux, et me dit que décidément, je suis en pleine forme ! Je retrouve un sentiment d'existence en tant qu'homme, et non plus en tant qu'alcoolique abstinent. C'est peut-être idiot, mais ça me fait du bien : je bande !

Je sors de la douche, une serviette autour des reins, quand je distingue dans la pénombre, allongée sur le lit, le corps nu d'Almudena... Ses formes sont voluptueuses, ses courbes parfaites, sensuelles. Cette femme est belle, extrêmement belle tout simplement dans sa nudité. De plus, elle est au bon endroit, au bon moment...si j'ose dire... Oh, quelle réflexion de macho... Mais c'est vraiment ce que je ressens !

Mes sens en éveil, je sens sur moi une odeur de pamplemousse identique à celle de Max. Ça me fait sourire un instant, il faudrait que je dise à Paula de varier les senteurs de ses produits... mais au moins, je sens bon !

—Pourquoi souris-tu ? me lance celle qui manifestement s'offre à moi. Tu sais, j'ai bien distingué au fur et à mesure de ta douche ton sexe qui s'enhardissait. J'ai même pensé que tu allais te soulager... Mais non ... C'est moi qui vais te récompenser alors ! Jeune coq !

Ces mots me donnent une vraie claque. Je me sens boosté. J'ai envie d'elle... Et elle de moi, c'est plus qu'évident. Je vais lui donner ce qu'elle me demande indirectement. Du plaisir, je vais essayer. De l'attention, ça, je peux réussir…

Almudena, de son côté, a besoin de cette relation charnelle, non seulement pour se sentir renaître après une rupture sentimentale douloureuse, mais également pour exister en tant que femme. Là, c'est elle qui dispose de l'homme, c'est elle qui sera maîtresse de ces instants de bonheur… La maîtrise. Elle a tant vécu l'inverse dans sa vie jusqu'alors. Et ce Mat a l'air si gentil, et si perdu. Se faire du bien à deux, deux âmes perdues…

—Bon sang ! m'enhardis-je, tu es superbe !

Je ne suis pas loin d'être au comble de l'excitation...

—J'ai tellement envie de plaisir ! Cela fait si longtemps ! ajoute-t-elle d'une voix érotiquement suave. Dis-moi des choses gentilles, s'il te plaît ! Ces mots qu'une femme a envie d'entendre au lit !

Allongé sur elle, je l'embrasse sur le cou, les oreilles, le front, les joues, puis je descends jusqu'à ses lèvres que je couvre de doux baisers.

—Tu es magnifique ! Rien qu'à te regarder, tu embellis ma nuit… tu es tellement excitante !

Je sens sous moi son corps onduler. Ses jambes enserrent les miennes. De la sueur perle sur son corps. Le mien vient lui offrir la fraîcheur de l'eau de la douche … et la douce senteur du pamplemousse ! Je me rapproche d'elle jusqu'à la promesse de la fusion. Je la pénètre enfin. Mes sens chavirent au rythme de mes mouvements.

—Plus vite, plus fort, mon homme ! crie-t-elle.

Je relève ses jambes de chaque côté de mon bassin, et commence à la pilonner de mon sexe dur. C'est ce dont j'ai besoin moi aussi. Elle me répond en agrippant mes fesses fermement. Que c'est bon !

—Continue, continue plus vite, plus fort !

Un bruit, un petit couinement de gond, un rayon de lumière… Je tourne mon regard vers la porte qui se referme, interrompant mon va et vient de plaisir réciproque, Mais je ne suis pas sûr de ce que j'ai entraperçu ! Une impression sans doute. Tout à mon plaisir, je ne sais plus ce qui est vrai de ce qui est fantasmatique…

—Qu'est-ce que tu fais ? Ne t'arrête pas ! Tu le fais exprès pour me faire languir ! soupire ma maîtresse d'un soir tout en me retournant adroitement pour me chevaucher.

Dans un rire doux et coquin à la fois, sur un rythme effréné, elle s'enfuit avec moi sur le chemin de l'extase…

La fuite n'est pas longue, mais vraiment intense…

……………………

Quelques mètres plus loin, une porte se ferme doucement sur une femme en sous-vêtements, triste, effondrée, mais en colère, terriblement en colère. Ses muscles sont tendus. La rage l'anime.

L'Inspectrice Dolorès Garcia, qui n'a pas l'habitude de se faire piquer ses hommes, vient de se rendre compte que celui qu'elle convoite depuis si longtemps s'envoie en l'air avec une quasi inconnue….

Elle qui était venue pour partager un moment intime avec l'homme qu'elle désire plus que tout au monde, vient de constater que cet homme, soi-disant perdu dans la vie par son amour passé, n'est pas plus perdu qu'un homme qui a envie de tirer un coup…

—La vengeance sera terrible ! se dit-elle à voix basse, les mâchoires serrées.

Elle enfile très vite sa robe, se pare d'une volute de son parfum enivrant qu'elle a toujours dans son sac à main, descend souplement la volée d'escaliers et va rejoindre Miguel qui veille dans la voiture de fonction, sur le parking de l'auberge.

Elle ne réfléchit plus. Ce sont la rage et la frustration qui la guident. Telle un animal, elle réfléchit et agit d'instinct. Cet instinct, à ce moment précis, étant le plaisir à n'importe quel prix…

—On va faire une ronde en voiture, on ne sait jamais ! lance-t-elle à un de ses collègues en faction.

—Bien sûr, Inspectrice !

Dolorès pénètre dans la voiture. Miguel, la regarde, et l'interroge du menton. Mais il a senti le parfum…

Elle remonte sa robe jusqu'en haut des cuisses, descend son string sur ses chevilles et tonne, d'une voix rauque exaltée :

—Roule et arrête-toi dès que tu peux ! J'ai envie de te baiser !

—Avec grand plaisir ! répond Miguel en démarrant à toute vitesse.

Il n'y a pas que la voiture qui vient de s'emballer…

Quelques instants plus tard, dans un petit chemin à l'abri des regards, sur la banquette arrière, le corps de l'Inspectrice est allongé sous celui de son amant. Pourtant, son esprit est avec l'homme qu'elle aime, celui qui est en train de prendre du bon temps avec une parfaite inconnue.

Là, elle n'est qu'une femme pleine de désirs et d'envies, tout à l'heure ce sera un fauve prêt à tout pour le mâle qu'elle a choisi.

Le plaisir la saisit violemment rien qu'à cette pensée…

—Mat, je t'aime, je t'aime tellement…murmure-t-elle, perdue dans l'instant.

Cette fois-ci, Miguel a tout entendu. L'âme du combattant s'éveille en lui et l'envahit comme jadis, non plus pour l'argent ou la gloire sur le ring, mais pour la femme qu'il aime. Jamais Dolores ne sera à un autre, jamais !

Il n'attend plus que le gong de début de combat. Mais à la fin, il en est sûr, ce sera lui le vainqueur !

Chapitre 28

Au petit matin

Je suis bien. Crevé mais bien. Je suis installé dans la salle à manger, prêt à examiner les propositions de ma petite troupe. Je me fais l'effet d'un chef de commando. Je suis ragaillardi. Un petit verre de vodka et le bonheur serait parfait … avec Amber à mes côtés…

Le fait d'avoir eu des relations avec deux femmes différentes en peu de temps m'a réaffirmé dans mon identité d'homme. D'amoureux transi, j'assume le fait de pouvoir passer à courtisan acharné… Je suis prêt à reconquérir ma femme. Je suis prêt à de nouveau lui montrer toute mon affection, et certainement mieux mon attention…

Je ressens encore, malgré tout, les caresses folles d'Almudena sur mon corps. Tout en elle respire la sensualité et l'érotisme décomplexé… Sa gentillesse, sa bienveillance et toute l'ardeur qu'elle a pu engager à se donner, m'ont fait du bien. Je ne me sens plus seul… plus exactement, je ne suis plus isolé…

Almudena est une femme que j'adorerais fréquenter, si mon cœur n'était déjà pris.

Je me sers une limonade et laisse sur le comptoir le prix de la consommation. Déjà que nous squattons la Cocina, il ne faudrait pas que nous mettions l'auberge de Paula, en plus, en difficulté financière.

Je commence à lire les propositions de mes acolytes.

Je ne suis guère satisfait des trois premières pistes proposées, qui d'ailleurs, ne mènent à rien.

Cependant, la suggestion de Max et Léa semble intéressante… Ces deux-là ont quelque chose de plus que les autres.

Décidément, Max dénote, car je suis presque certain que l'essentiel du travail repose sur sa réflexion. Il a trouvé, allez au bénéfice du doute, ils ont trouvé, un mode de codage, qu'ils ont repris en annotation. C'est une substitution simple, où chaque lettre de l'alphabet est remplacée par un symbole géométrique. Ce qui caractérise ce chiffre c'est le moyen mnémotechnique géométrique pour attacher chaque lettre à son symbole. C'est un code de la franc-maçonnerie, on est donc bien dans un des thèmes de prédilection, me semble-t-il de mes amis Lucie et Emilio…

Trop puissant !!!!

Ils se sont même amusés à retranscrire le mot wikipedia ! Certainement l'exemple du site où ils ont trouvé ce code.

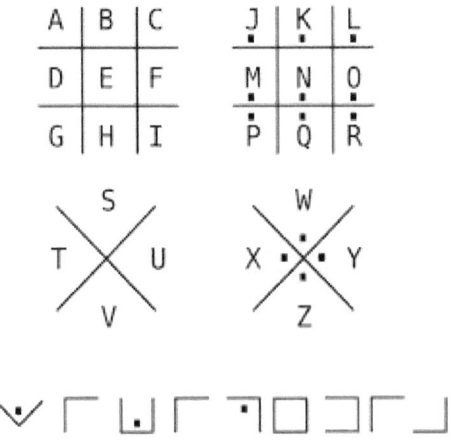

Mais, si avec la phrase issue des fables on a des lettres, avec ce code on n'aura qu'une suite de signes géométriques. C'est quoi cet imbroglio !

Je reprends la phrase trouvée par les jeunes, et qui je dois avouer, me laisse perplexe !

C'est souvent par un secret oublié que renait la

lumière ainsi, la Pollinica, Fusionadas, Dulce

nombre, Salutacion, Humildad y Paciencia,

Humildad, Salud, Huerto, Prendimiento

Crucifixion, Passion, gitans, Dolores del puente

frères et sœurs pensez à nous et n'oubliez pas le

manteau de fleurs virginal

Et donc ?

Je regarde ma montre, j'aimerais discuter avec Max…et Léa.

Je remonte doucement et m'arrête devant la porte de la chambre de Max.

Au même instant, celle-ci s'entrouvre sur un Max habillé, bien coiffé, le visage souriant, engageant, bien plus apaisé qu'hier. Il glisse vers moi, me fait un clin d'œil et chuchote :

—Je t'attendais Mat ! Je savais qu'avec Léa on avait la solution. Descendons !

—Et Léa ?

—Dans la chambre d'Amber. Laissons-là dormir ! Hier au bout d'un quart d'heure de recherches, elle s'est écroulée. Elle m'a tenu compagnie quand même … Chut ! Descendons !

Je m'exécute et c'est à moi de sourire maintenant ! Lui qui hier encore se pliait à mes consignes, mes demandes, le voilà aujourd'hui à me commander. Cela me fait plaisir, mais inconsciemment m'inquiète aussi un peu. Un tel revirement d'attitudes… Humm… Pas forcément bon, cela…

Je vais me resservir une autre limonade, et demande à Max s'il prend quelque chose.

—Oui, un whisky s'il te plait. Je le paierai tout à l'heure !

—Max ! Il est 5 heures !

—Et alors ! Il n'y a pas d'heure pour boire ! Tu ne crois pas Mat ? S'il n'y a pas de whisky, sers-moi une vodka !

Il sait ? Non, une coïncidence. Pourvu qu'il y ait du whisky, que je ne sois pas obligé de toucher à la bouteille de vodka… Je cherche, je cherche…

—Je te mets une bière, ça te va ? Je ne trouve pas Max… désolé…

—Ok, ça roule !

Ouf… Il n'y a pas d'heure pour boire mais pour l'oubli et l'amnésie non plus… Vodka… Non, non, et non… Quoique…

—Alors, que penses-tu de notre proposition ?

—Etonnante... dis-je.   La retranscription en signes géométriques comment va-t-elle nous être utile, à ton avis ?

—Imaginons que le message que nous ne comprenons pas nous renvoie à un lieu. Un lieu où un autre message avec ces signes géométriques seraient présents ?

—Ce serait une nouvelle énigme à résoudre qui nous mènerait à la cachette de la microcarte ?

—C'est ce que je pense…Mat. Hé oui, pourquoi pas ! Deux énigmes ! En nous confiant les passions de Lucie et Emilio, tu nous as mis sur la voie. Nous devons simplement trouver l'endroit où est dissimulée l'énigme en symboles géométriques. Ah salut Lucas ! Bien dormi ?

—Ouais, à part que Thomas ronfle comme une forge !

Un moment de silence s'installe, tandis que je ramène à Lucas une bière. Je n'oublie pas de laisser un billet dans la coupelle sur le bar. Un petit courant d'air fait bouger mon billet. Avant qu'il ne s'envole, je cherche à proximité un objet qui puisse le bloquer. A côté, se trouve une de ces boules qui lorsqu'on la retourne déverse de la neige. Une statuette de la vierge se trouve à l'intérieur. Je souris, puis écarquille les yeux. Je me tourne vers Max qui me regarde et tonne :

— J'ai trouvé !

—Moi aussi ! Les confréries ! s'exclame Max.

—Il doit en manquer une dans la liste ! Le programme, où y a-t-il un programme de la semaine sainte ?

Je fouille les meubles à la recherche d'un dépliant.

—Fini le papier, vive le net ! lance Lucas, son téléphone à la main. J'ai le programme, assure-t-il. Pourquoi il en manquerait une ?

—C'est sûr, ça fait référence aux confréries. Leurs membres se nomment d'ailleurs, frères et sœurs. Secret oublié, ça peut vouloir dire qu'il en manque une dans l'énumération. Non ?

Je m'approche de Max, et nous regardons l'énigme. Pendant ce temps, Lucas nous les cite en commençant par les confréries invitées le dimanche des rameaux, puis du lundi…

A peine vois-je Léa, Emma et Thomas descendre l'escalier, tout ensommeillés, que je m'exclame, un quart de seconde avant Max :

—Les étudiants ! Les étudiants !

—Ouais les gars, nous sommes étudiants ! Rien de nouveau à cela ! Pas besoin de gueuler comme ça ! dit Thomas.

—Non, renchérit Max ! Le nouveau message se trouve dans la procession des étudiants. En plus, comme est mentionné un manteau de fleurs virginal, ce sera sur le trône de la Vierge ! Enfin, c'est une possibilité…

—J'approuve, tu as entièrement raison ! Sur le trône de la Vierge lors de la procession des étudiants ! Quand a-t-elle lieu ?

—Ce soir ! répondent en chœur Emma et Léa.

—Emma et moi y allons chaque année, ajoute Lucas. Nos costumes de pénitents sont réservés de ce fait. On les avait réservés avant tous ces événements.

—C'était maman qui les avait commandés…

Silence général.

—Si nous sommes encore en vie ce soir ! lance Dolorès qui arrive, suivie de Miguel. Avec le barouf que vous faites, les Siciliens ont tout entendu ! Sans doute aucun !

—Arrête de râler ! dis-je. Un grand pas en avant vient d'être fait.

—Que se passe-t-il ? demandent ensemble Amber et Paula qui viennent de nous rejoindre.

Nous les tenons au courant.

—Ma sœur n'est pas encore levée ? questionne Paula étonnée.

—Pas vue, répond Thomas.

—Non plus, s'exclame Léa.

Les autres vont dans ce sens. Je ne dis mot, c'est trop gênant. Almudena m'a quitté vers 2h20 pour rejoindre sa chambre.

—Je vais la chercher, dit Paula, il y a du boulot, elle doit nous aider, ce sera moins fastidieux...

Elle monte vite fait les escaliers. Quelques instants plus tard, des cris de détresse résonnent :

—Au secours ! A l'aide !

Miguel, Dolorès, et moi-même nous précipitons à l'étage. Amber reste en bas avec les jeunes, afin de les préserver d'éventuelles horreurs.

Almudena est étendue sur le sol, une tasse renversée à ses côtés. Elle est en chemise de nuit. Paula tâte le pouls de sa sœur. Il est faible. Mais elle n'en est pas certaine, la panique s'est emparée d'elle C'est peut-être le sien qu'elle ressent...

—Son cœur bat ou pas ? questionne Dolorès avec exaspération.

Nous la foudroyons du regard. Elle n'en n'a cure et saisit le poignet d'Almudena.

—Elle est encore vivante... déclare-t-elle, impavide.

—Dieu soit loué ! lance Paula en se signant.

Miguel observe la tasse avec insistance. Je m'approche de lui, intrigué. De la poudre blanchâtre subsiste sur la tranche de la tasse, et sur le sol, près de la table de chevet, deux petites pilules blanches attirent mon regard. Ils se détachent nettement du tapis rouge… Miguel les a vus également. Il va aussitôt les ramasser subrepticement, et les met dans sa poche de pantalon…

—Empoisonnement ! dit Miguel.

—Quoi ? demande Dolorès.

—Montre nous ce qui était sur le sol, dis-je à Miguel.

Celui-ci s'exécute. Je n'en reviens pas, ce sont deux comprimés d'anxiolytiques, que justement j'ai pris à un moment où je ne me sentais pas bien du tout. Empoisonnement aux médicaments ? La trace blanche sur le bord de la tasse s'explique : des cachets qui ont été écrasés, puis versés dans la tasse, sans doute…

J'expliquc à voix basse à Miguel et Dolorès ma découverte et ma déduction. Les deux policiers ne réagissent pas. Si je l'ai dit en chuchotant, c'est que je pense qu'il ne faut pas l'ébruiter pour le moment…

—Elle a pour habitude de boire une verveine juste avant de se coucher… ajoute Paula.

—Quelqu'un a voulu agrémenter son breuvage alors. Désolée, c'est malvenu de ma part, rétorque l'Inspectrice. Votre sœur a l'air solide. Regardez, elle n'a pas dû en boire beaucoup, la moquette est trempée.

—Elle prenait des médicaments pour dormir ? dis-je d'un ton futile.

—Oh que non ! Ce n'est pas son truc les médicaments. Aucun, jamais, ou presque…

Je surprends Dolorès à me regarder intensément.

J'ai un doute… Serait-ce Dolorès qui aurait ouvert la porte de ma chambre pendant nos ébats ? Serait-elle jalouse ?

—Qu'est-ce qui a bien pu arriver ? demande Paula. Manifestement, c'est la verveine qui n'est pas passée. S'est-elle trompée de thé ? A-t-elle confondu avec autre chose ? Si c'est le cas, je m'en voudrais toute ma vie…

—Avec quoi, voulez-vous qu'elle confonde ?

Moi, je sais qu'Almudena n'est pas redescendue, elle m'avait dit que la tasse de verveine l'attendait dans sa chambre ! Je sais également que l'inattention de Paula sur le thé n'est pas en cause. Alors qui ? Et si c'était un des Siciliens qui était revenu ? Ce doit être cela ! La garde des deux policiers ne semblait guère efficace. A 4h, quand je me suis levé, je les ai trouvés ronflant dans leur véhicule ; l'éclairage de mon portable ne les a même pas fait bouger.

Un gars de Renzo bien entraîné n'a pas dû rencontrer de difficultés pour s'introduire dans les lieux et réaliser son méfait… C'est un second avertissement, mais que je garderai pour moi. La thèse de l'incident par imprudence sera la thèse officielle. Mais quel produit, et ces médicaments à terre ?

Les secours que Miguel a appelés arrivent. Dès les premiers constats, les prises de constantes et l'analyse rapide du breuvage, le chef du service des secours est formel.

—Un à deux jours d'observation à l'hôpital et il n'y paraîtra plus. Elle est prise à temps, c'est bien. Bizarre ? On dirait un empoisonnement par imprudence. Vous n'avez rien trouvé ? Des médicaments par exemple ? Madame était peut-être dépressive, et a abusé de son traitement…

—Non, non, Almudena n'est pas dépressive, oh que non ! Je ne sais pas ce qu'elle a pu avoir.

—Possible autre chose alors ? rétorque l'urgentiste. Téléphonez dans deux heures, on aura fait les tests sanguins, on en saura plus. Rassurez-vous ! Rassurez-vous Madame, ça va aller…

—Merci monsieur, merci pour moi et pour elle !

Tandis que tout le monde se disperse, Amber s'approche de moi et en murmurant me questionne :

—C'est quoi ce que Miguel te montrait tout à l'heure, tu sais ce qu'il a mis dans sa poche, puis qu'il vous a fait voir ? Pourquoi d'ailleurs avez-vous chuchoté ?

Je lui explique ma déduction sur les anxiolytiques.

—Tu sais que Dolorès en prend aussi. Tu peux me les faire voir, s'il te plaît ? Discrètement…

Je vais près de Miguel, lui demande discrètement. L'échange se fait. Je les ramène à Amber qui aussitôt en les voyant, me dit :

—Ce sont les mêmes que Dolorès prend. L'autre jour, quand on a tous bu ensemble, elle en avait deux sur la table près de sa boisson, et elle m'a expliqué, pour donner suite à ma demande, ce que c'était. Il y avait la même marque dessous et le même grammage dessus, 60 mg. Drôle de coïncidence, non ?

Je la regarde, interdit, scotché par cette remarque pertinente.

—C'est une très bonne remarque Amber, une très bonne remarque. Laisse-moi faire…

—Je te fais confiance ! ajoute Amber, posant la main sur mon avant-bras, puis l'enserrant, affectueusement.

Oui Amber, tu peux me faire confiance. Je commence à entrevoir certaines choses plus clairement…

Il est 7h30. Un effluve, une image, une envie… Un liquide transparent, les papilles qui s'enflamment, la gorge qui s'embrase par la descente de l'alcool … Je salive…

Je vais passer un appel à Éric. La vodka et son enivrement destructeur se rappellent à moi en cet instant difficile… Je vais rencontrer des difficultés à gérer…

Je sors, m'éloigne quelque peu. Je recherche le numéro de mon correspondant.

—Éric, c'est Mat ! J'ai besoin de te parler…
Aide-moi, s'il te plaît…

Chapitre 29

Temps passé : 6h

En dessous de moi ? Quoi en dessous de moi ? Je ne sais plus vraiment réfléchir objectivement et de manière continue… Je suis en train de m'asphyxier, de m'empoisonner au dioxyde de carbone, voire-même … de mourir…

En dessous… l'eau s'écoule difficilement, la boue ne sèche pas… Le bois est pourri, et il y a des interstices partout. Que peut-il y avoir de solide, ou plutôt d'imperméable en-dessous de moi ? Réfléchis, Mat ! Réfléchis…

Un flash me revient : je n'avais pris conscience d'être devant une tombe que quelques secondes avant d'y avoir été jeté. Maintenant, je me souviens qu'il y avait sur place Matteo. Que c'était finalement la tombe d'Emilio et Lucie, celle qu'ils avaient prévue du moins… Renzo aussi, j'en suis presque sûr, était présent. Sa voix si reconnaissable résonne encore dans mon esprit. Un inconnu aussi, celui qui m'a balancé dans le trou. Ils étaient trois …

La tombe de Lucie et Emilio ! Bien sûr ! Deux caveaux, l'un sur l'autre, en béton. Oui… Renzo me l'avait révélé… Je ne le savais pas alors…J'étais sur l'idée d'une sépulture dans un village. C'est ce qu'il m'avait confié quelques temps avant. C'est rare en Espagne, mais Lucie et Emilio avaient réussi de leur vivant à faire accepter ce mode d'inhumation. Oui, bien sûr ! Les tombes sont vides pour le moment car les corps de mes amis sont encore en train d'être autopsiés… Donc…

Pourquoi me suis-je trouvé là, en compagnie des Siciliens ? Un bobard, je leur avais monté un bobard ! Les souvenirs me reviennent. L'énigme… etc…

Tout revient et éclate en évidence. J'ai été enlevé par la bande des Siciliens, j'ai dit que je savais où se trouvaient les documents : dans ce cimetière, dans ces caveaux. C'était un sacré coup de bluff de ma part ! Enfin, dans des caveaux, je savais qu'il y en a bien un ou deux qui seraient en préparation dans le cimetière ! Il suffisait de le trouver ! Je pensais que cela m'aurait fait gagner du temps. On imagine la suite… Ils ont inspecté les caveaux, n'ont rien trouvé, et m'ont laissé là pour agoniser… Quoique j'entends encore Renzo dire :

—Il peut nous servir… Tu as déjà eu Matteo, salaud ! Ça ne te suffit pas ?

Et l'autre de rétorquer :

—Matteo, Ignazio, et Le Tanneur, c'est le business ! Lui, Mat Doe, c'est pour le plaisir !

Ça me fait froid dans le dos. Qui est assez abject pour tuer par plaisir ? Qui plus est, pour me tuer pour le plaisir. Je ne reconnais pas cette voix. Autant Renzo devait être proche spatialement parlant (je l'imagine en train de pelleter sur ma boîte et sur Matteo, son frère), autant j'imagine l'inconnu plus éloigné, pour le maintenir sous la coupe d'un pistolet.

Ignazio ? Mort ? Mon esprit se trouble et je m'énerve car j'ai bien d'autres chats à fouetter ! Je m'en fous de savoir qui voulait ma peau, ce gars encapuchonné, et de tout le bordel autour de ce cimetière. Ma réflexion était partie de… je ne m'en souviens plus… Je suis le fil de mes pensées… Des bouteilles de vodka, les bars, les cachettes à la maison, dans l'atelier, dans le bureau… La brûlure bienfaisante du liquide … Les bouteilles vides sur la table du salon quand Amber était absente… Les bouteilles que je me dépêchais de mettre au plus profond des poubelles avant qu'elle ne rentre…

C'est bon, j'ai retrouvé le fil de ma réflexion… Je vais essayer de creuser sous moi…

Si c'est bien un caveau en béton, ils ont dû le déglinguer. Ils ne sont pas du genre à tergiverser, et d'ailleurs l'image d'une pioche me revient. Matteo avec une pioche à la main, dans le trou, à mon arrivée. Une pelle à côté, à terre. Si tout ça est correct, le caveau a dû être percé. Comme il n'y a pas de cadavre dedans, pauvres amis, il y a du vide… Le vide n'est jamais vide, mon cher Mat ! Il est toujours rempli d'air, donc d'oxygène !

Oxygène ! Oxygène ! Gagner encore du temps. De l'oxygène en bas, puis je continue la percée vers le haut. Je dois me dépêcher.

A mon avis, il ne me reste que trente minutes au maximum. C'est court !

Je m'attaque donc avec ma main droite, mon bracelet de montre comme outil, à rayer les bouts de bois, à l'extrémité inférieure de l'angle de mon cercueil, près de ma hanche…

Il y a de la boue, encore un peu d'eau, mais presque plus… Serait-ce au-dessus du fameux trou ouvert par feu Matteo ?

Souhaitons-le ! Enfin, peut-être pas vous, que je saoule avec mes élucubrations, mais…moi, si ! Moi si !

Allez Mat, allez ! Courage mon gars !

Chapitre 30

Tout le monde est reparti dans sa chambre pour sommeiller un peu en vue d'une longue journée décisive pour trouver la première énigme. Lors de la procession d'aujourd'hui, celle des étudiants, Lucas et Emma devront se débrouiller pour trouver un signe, une trace d'un message sur le trône de la Vierge ! Pas forcément facile à mon avis. Mais ce sera l'unique chance de pouvoir espérer s'en sortir. Sinon, on est mal !

Quand on aura la microcarte, on sera en position de force, et on pourra éventuellement négocier.

Tout à mes réflexions, je perçois à peine un bruit de claquement sourd à proximité mais néanmoins je ressens une pression sur mon épaule droite. Je tourne la tête et vois une main droite, velue sur les phalanges, posée à même mon épaule. Je n'ai que le temps d'ouvrir la bouche, et de retourner la tête qu'un malabar en costume gris me colle sur le front le silencieux d'un pistolet. Un Sig Sauer, s'il vous plaît ! Son index gauche sur la bouche, il émet discrètement un son :

—Chuuuut….

Il est proche de moi, je sens les effluves d'une bonne eau de toilette me caresser les narines…

Le premier homme m'interroge alors …

—Monsieur Doe, Matthieu Doe ?

—…

—C'est bien vous le criminologue, l'ami de Lucie et Emilio Winter ?

—… Oui, pourquoi ?

—Comme ça…

Et boom, ou bim, ou bam… Toujours est-il que je reçois un énorme coup de poing de la main gauche du mastodonte qui me tenait en joue !

Fin de la conversation ! Je m'écroule et manifestement perds connaissance.

Chapitre 31

—Doe ! Doe !

J'ai mal à mon arcade gauche, au côté gauche de mon nez et à mon globe oculaire. Normal quand on s'est pris un bulldozer ! Je suis moins groggy depuis déjà quelques minutes mais m'accorde quelques instants de répit en faisant semblant d'être encore évanoui. J'ai froid, je transpire mais c'est de la suée froide. Je suis dans de sales draps.

Après ce coup d'assommoir au petit matin, je me suis retrouvé dans le coffre d'une voiture à demi-conscient, pieds et poings liés, et la bouche scotchée. Mal à l'œil gauche, terriblement mal. La route semblait bien asphaltée au départ. Nous avons roulé ensuite sur un chemin caillouteux, puis pendant un court laps de temps sur un empierré. Mes muscles endoloris ont souffert. J'ai soif... d'eau et d'alcool ... Lorsque nous nous sommes enfin arrêtés, j'ai cru entendre une deuxième voiture freiner derrière nous. Avant que je ne perde connaissance, j'ai entendu quelques bribes d'un échange :

—….Oui, Renzo, bien sûr ! Je ne ferai rien sans que tu ne me l'autorises. Mais, ……….bons résultats !

—Je sais… mais…il faut………. compris, le Tanneur ?

Incomplet, mais clair. Le Tanneur, celui qui a charcuté Max…

Et merde !

Je suis installé sur une chaise maintenant. Je sens la vieille paille sous mes fesses. Mes pieds et mes mains cette fois-ci, je le perçois, sont enserrés par des liens en plastique qui me font mal… Je fais en sorte de laisser mes yeux fermés, de ne pas bouger, et respirer à un rythme régulier. Toujours ces suées froides. Toujours cette soif. J'écoute : rien à proximité, mais prudence… Dehors, des bruits et une odeur de…cochons ! Je dois être dans un local d'une ferme porcine.

J'entends des pas qui s'approchent de la pièce où je me trouve. Puis une clé s'introduit dans la porte de ma geôle, et de nouveau des pas, lourds, ceux de trois personnes. Il faut que je la joue finement…

Je ne bouge pas, me prépare à éventuellement un réveil douloureux, brutal, sanglant. Mais non… Pas pour le moment, des ricanements, et une conversation qui me change la vision de cette journée :

—Qu'est-ce qu'on fait de lui ?

—Je vais m'occuper de lui, Dante…

—De quelle manière ?

—Pas d'insinuation de ce genre, sinon je peux te faire un prélèvement Matteo !

Un électrochoc se produit alors dans mon cerveau. Le Tanneur est là et pense à me prélever… L'image du front torturé de Max se forme instantanément dans ma tête avec une netteté impressionnante… Il faut que je me concentre et il faut que je me contrôle !

—Non, rien…

—Je plaisante Matteo, je plaisante ! Vous, les non-initiés à mon art, êtes décidément imperméables à mes traits d'humour. Tout à l'heure, quand on aura récupéré les documents, c'est ça que je vais prélever… le bout de chair qui pend entre ses jambes. Je tâcherai d'en prendre une vingtaine d'échantillons. Cela dépendra de la taille de son sexe à ce moment-là …

—Oh non ! Arrêtez, je vais gerber ! renchérit Dante.

—Tu vois, continue le Tanneur aucunement gêné, rien de tel que certaines pilules pour obtenir l'effet escompté ! Ensuite, il n'y a plus qu'à opérer !

Je vais vomir… J'ai du mal à me contrôler, mais tout à leurs turpitudes verbales, ils ne remarquent rien…

—Occupons-nous de la femme d'abord. Nous devons savoir ce que cherchent exactement les jumeaux. Il faut qu'elle parle !

—Elle dit qu'elle ne sait rien… Et c'est plausible. Elle a parlé si facilement au début. Si elle ne nous livre aucune autre information c'est qu'elle n'en a pas.

—Faut être sûr ! dit le Tanneur (je reconnais sa voix).

—Alors donnons-la au cochon ! proclame Dante.

Et la porte de ma cellule claque !

—Vous, vous donnez une femme à bouffer à un cochon, et c'est moi le sadique ?

Ils sont derrière la porte à continuer leur discussion… Qu'ils s'en aillent, qu'ils s'en aillent !

C'est bon, le bruit des pas s'éloigne. Je suis seul à présent, j'en suis certain. J'ouvre les yeux enfin. Mon pantalon et mon caleçon m'ont été retirés ! C'est pour cela que je sentais la paille sous mes fesses ! Oh, bon sang ! Les pervers, les sadiques ! Et l'autre qui veut me filer une méga érection pour mieux me découper le sexe ensuite… Quel malade ! J'ai envie de vomir… Non, non, non ! Je ne dois pas les alerter. Pense aux techniques de yoga Matt ! Détache-toi du réel ! Imagine un lieu où tu te sens en sécurité ! ça y est… Je respire, calmement de nouveau, mon rythme cardiaque revient à la normale…

Ouf… Je résume : les Siciliens m'ont enlevé. Ils veulent me faire parler. Ils ont égorgé la chèvre de Paula. Ils sont restés sur place ou à proximité pour pouvoir parachever leur mission. Ils sont intervenus quand les flics sont repartis à après le problème d'Almudena. Conclusion : je suis à la merci de leur volonté sadique pour me faire avouer où se trouvent les documents. Mais ils ont parlé d'une femme. Mon cœur bat fort, très fort. Amber ? Non, ils ont dit qu'elle avait facilement parlé. Je ne pense pas qu'Amber aurait fait cela. C'est forcément quelqu'un qui ne connait que le minimum : la procession ce soir, le trône, et les jumeaux qui y seront.

Une seule femme répond à ces critères : Paula. Elle est moins impliquée que nous dans cette affaire. C'est pour cela qu'elle ne sait pas grand-chose. Elle est affaiblie psychologiquement avec l'histoire de l'empoisonnement de sa sœur… J'espère qu'ils la laisseront tranquille, Dieu seul sait ce qu'ils lui ont déjà fait !

Quant à moi, je sais qu'ils ne vont pas tarder à se pointer pour me faire parler. C'est sûr, et je ne pense pas pouvoir tenir longtemps, vu le programme qu'ils m'ont concocté !

Je dois m'enfuir ! Comment retirer mes liens ? Mon cerveau tourne à toute vitesse. C'est la seule solution pour m'en sortir …

Mon pantalon, mes clés de voiture dans la poche arrière gauche !

Je jette un coup d'œil rapide autour de moi. Il est dans le coin gauche de la pièce, derrière la porte lorsqu'elle s'ouvre. Je fais basculer la chaise, de droite à gauche, de plus en plus fort. Elle tombe, mais mes épaules dépassant le dossier, j'amortis largement la chute. Je n'attends même pas quelques secondes. Je me traîne, accroché à la chaise vers mon pantalon qui traine au sol. Je le tiens de ma main droite, le tourne aussi vite que possible dans tous les sens pour trouver la poche arrière gauche. Mon visage s'illumine. Des chiens aboient dehors et couvre le cliquetis qui retentit suite au mouvement du pantalon : mes clés y sont. Je secoue le vêtement, elles tombent sur le sol avec un léger bruit. Celui-ci est toujours couvert par les aboiements des chiens et les hurlements de femme… Je vois le trousseau, le saisis et fait glisser le porte clés dans la main gauche. C'est une petite pyramide. Je connais sa particularité, c'était Dolorès qui me l'avait offert il y a bien longtemps. « Pour te sortir des coups durs ». J'appuie sur le petit bouton à la base, et je réussis à faire glisser sur le côté latéral une petite lame affûtée. Je m'acharne aussitôt sur mon lien gauche. Pas facile de tenir la lame et de scier en même temps le lien. Fait. Le droit. Fait. Les deux jambes. Fait. Ultra rapide le Mat ! Quand on est motivé, un canif contre du plastique, il n'y a rien de mieux !

J'enfile au plus vite mon caleçon, puis mon pantalon. J'ai retrouvé ma dignité !

Mon esprit examine tous les plans possibles. Un seul but : sortir, m'échapper de cette ferme. Un autre objectif : sauver Paula. Ce sera chaud, mais le hasard fait parfois bien les choses.

J'ouvre lentement la porte, puisque ces abrutis ne l'ont pas fermée à clé, tout absorbés par la présentation de leurs prochaines tortures…

Je passe la tête par l'entrebâillement, jette un coup d'œil, de droite et de gauche. Rien. A gauche, on est directement sur un mur. Un couloir d'environ vingt mètres file vers la droite... Trois portes sur le mur droit, côté de la pièce où je me trouve, un seul côté gauche au fond. En face, une porte vitrée, avec du carreau martelé qui mène à l'extérieur. C'est quoi ce bâtiment ? Bizarre ! L'odeur de porcherie est vraiment très présente.

Je perçois des voix masculines, des rires. La dernière porte à droite… Paula est-elle là-bas ? J'en ai le pressentiment, hélas ! J'ai cru distinguer une voix féminine...

Des grognements de porc, horribles, dégoûtants se font entendre…

Je me dépêche d'avancer dans le couloir, à pas feutrés. Je m'appuie sur le mur, il est râpeux, et sale. Je suis pieds nus. J'ai des suées froides et je grelotte… Pourtant, il fait chaud aujourd'hui dehors… M'ont-ils fait ingurgiter des saloperies ? Je m'en inquièterai plus tard.

Je suis tout prêt de la porte où j'entends distinctement Paula invectiver les hommes présents.

—Alors, mes salauds ! Vous êtes tellement lâches que vous préférez lancer un cochon sur moi au lieu de faire le sale boulot vous-mêmes ! Saletés ! Ordures !

Un redoublement de grognements se fait entendre.

—Ta gueule ! Tu fanfaronneras moins quand il assouvira sa faim en mangeant tes pieds ! Moi, je parie pour les pieds ! Et toi, Dante ?

—Par le ventre Matteo, par le ventre !

On dirait que le cochon approuve, car je n'entends plus les grognements, mais un souffle continue, abject.

—Les gars, si elle ne dégouline pas de sang, il ne se précipitera pas sur elle quand vous le libérerez de ses chaînes !

J'ai reconnu la voix de Renzo, le patron.

—Je tire sur la cuisse alors ! répond Dante.

Grognements du cochon !

Je dois agir immédiatement.

Je tourne la poignée, ouvre la porte violemment et embrasse la scène d'un coup d'œil. Paula est dénudée dans le coin droit de la pièce, sans aucune attache. Telle une boxeuse, elle est prête à bondir sur l'animal. Elle n'a cure de sa nudité. Elle ne se blottit pas contre le mur pour se protéger, mais est bien campée sur ses jambes, les appuis fermes, les mains prêtes pour le combat. Elle est belle, un peu ensanglantée au niveau du visage. Son regard est déterminé. Elle me paraît flamboyante. Jamais, je n'aurai imaginé dire cela… Elle s'est éloignée le plus loin possible du cochon, un cochon énorme, bien plus que cent kilos ! Un monstre !

Quatre hommes sont à gauche de la porte. Un gaillard l'a reçu dans l'épaule d'ailleurs lorsque je l'ai ouverte violemment.

Il a sorti une arme, un Beretta, je le remarque tout de suite. Un Beretta 92. Normalement chargé en 9mm Parabellum. J'en ai eu un il y a plusieurs années.

En un instant, je franchis les deux pas qui me séparent de lui, donne un énorme coup de pied sur la main tenant le pistolet.

Paula me crie alors :

—L'arme pour moi !

L'arme n'a même pas le temps de tomber au sol que je la rattrape de la main gauche et la lance immédiatement vers Paula. On se croirait dans un film… Tous mes sens sont en alerte.

Je transpire l'adrénaline ! Les hommes n'ont même pas le temps de réagir que je ressors de la pièce. J'entends un coup de feu, puis un deuxième. Les grognements du cochon s'interrompent. A la place un couinement, un seul, puis le silence.

Je continue ma course. Je franchis la porte.

Un troisième coup de feu, toujours la même arme. Je cours de plus belle. Les cailloux me font mal à la plante des pieds. Moi qui me croyais incapable de courir, je m'aperçois que lorsque le besoin s'en fait sentir, l'impossible devient faisable…

Je vois un 4x4 au milieu de la cour. Je prie intérieurement pour que la porte ne soit pas verrouillée.

C'est bon ! Je rentre dans la voiture et comme coup de chance ultime, la clé est sur le contact. Quand tout tourne au mieux, ça tourne…au mieux !

Deux autres coups de feu sont tirés. Ces deux-là proviennent d'une autre arme que le Beretta de Paula… Aïe ! Ce n'est pas bon… Pas bon pour Paula … Merde !

Je démarre, appuie sur l'accélérateur, alors que trois hommes surgissent devant moi, à quelques mètres. J'ai toujours été un excellent pilote. Je savais qu'un jour cela me sauverait !

Honnêtement, non ! Je ne le savais pas ! Je fais le fanfaron, mais je n'en mène pas large. Ils sont armés tous les trois, bon sang !

Je fonce sur eux, comme une boule de bowling vers les quilles pour striker. L'effet escompté se réalise. Ils se jettent, deux à gauche, un à droite sur le sol de la ferme, dans leurs beaux costumes. Ils sont loin d'avoir la meilleure position pour me tirer dessus, maintenant !

Je file entre les deux bâtiments. Je ne les vois pas dans le rétroviseur. Les ai-je semés ?

Mince ! C'est la pampa ici ! Je force mon destin et engage le véhicule à travers champs… Chaotique la traversée ! Je distingue dans le rétroviseur un nuage de poussière au loin. Ils m'ont pris en chasse. Mais c'est moi qui ai le 4x4, eux la citadine. Je l'avais entraperçu en sortant du bâtiment. Je vais pouvoir prendre de l'avance. Tant mieux.

J'ai eu chaud, mais je suis en train de ramener la meute auprès des miens… L'image de Paula, encerclée par ces monstres s'impose alors à moi…

En venant me réfugier chez toi, je t'ai amené la mort, Paula.

Je t'ai amené la mort comme je l'ai fait avec mes parents, quand je me suis réfugié chez eux, poursuivi par des truands sans foi ni loi. Je m'en suis sorti, pas eux… Que de fois je me suis fustigé…à coup de vodka … Recommencerai-je pour Paula ? Je suis presque sûr de la réponse… Mais, là, je n'ai pas vraiment le temps d'y penser !

J'appuie plus fort sur l'accélérateur, au risque de verser sur le côté.

L'extrémité du champ approche. Une route manifestement asphaltée est au bout.

RIP Paula…

Chapitre 32

—Qui est-ce ? questionne Amber.

—Chérie ! Amber, c'est moi. … dis-je.

—Oh Mat ! Comment tu vas ? Où es-tu ? Où est Paula ? Et….

—Hop, hop, hop !!! Amber, ralentis un peu s'il te plaît. Je vais bien, je téléphone d'un bistrot. Tout va bien ! Ne t'inquiète pas …

—Tu es sûr ? Que s'est-il passé ? Et Paula ? Où étais-tu ? Et…

—Stop Amber !

—On était tellement inquiets quand on ne vous a plus vu au petit matin. Vous avez été kidnappés, n'est-ce pas ? J'étais si anxieuse Mat, tu sais…

Je lui raconte alors tout ce dont je me souviens, dans les grandes lignes : l'épisode du matraquage, le prélèvement escompté du Tanneur, et le supplice psychologique qui s'en est suivi, ma réaction, ma sortie de la cellule, Paula, et toute le reste… Je suis épuisé à la fin de cette narration. Pas une seule fois, Amber ne m'a interrompu. Pas une seule fois …

—Amber ? Tu ne dis rien…

—Que veux-tu que je dise Mat… Je suis si consternée par ce qui t'est arrivé. Si nous avions été plus vigilants, rien ne serait arrivé ! Bon sang ! Et Paula serait vivante…

—As-tu confiance en moi ?

—Bien sûr ! Seul contre quatre, sans arme, que pouvais-tu faire d'autre ?

—Exact ! Elle était bien amochée, tu sais, et surtout nous ne pouvions pas nous en sortir tous les deux. J'étais le mieux situé, et en meilleur état pour m'échapper. Les autres allaient dégainer, elle aurait été tuée en deux secondes. Elle s'est sacrifiée en fait pour me sauver… Oh Paula… Pourquoi l'ai-je emmenée dans cette galère ?

—C'est comme ça ! Ne te reproche rien ! Ce n'est pas la même situation que celle de tes parents…

—Ecoute Amber. Je me suis échappé avec un des véhicules des truands. En fait, je ne dois pas être très loin de Malaga. Je pense me trouver à moins d'une heure de là. Je suis dans un café au milieu de nulle part, « Las Aceitunas ». Je suis sûr qu'il est sur le net. Tu regardes ?

—Attends… C'est bon, j'ai la position géographique. Je viens te chercher.

—Les jumeaux ?

—Ils sont partis en ville pour rejoindre le trône ou la procession des étudiants. Ils vont voir ce qui est le mieux. Thomas et Max les chaperonnent de loin.

—Max ?

—Oui, il a insisté. Ils les suivront de loin. Dolorès et Miguel vont se disperser dans la foule autour du trône. Ils vont veiller sur eux également. Au fait, tu avais laissé ton téléphone dans la chambre.

—Oui. Je ne sais pas ce qui m'est passé par la tête !

—Un coup de crosse peut-être, répond Amber avec humour.

—Oh Amber, j'ai vraiment eu peur…

—Justement, en parlant de peur... Éric a essayé de te joindre au téléphone. Il insistait tellement que j'ai décroché. Je ne lui ai rien expliqué de la situation, bien sûr, mais il est inquiet et il veut te parler au plus vite. Il craint que tu rechutes, Mat.

—Amber, viens me chercher, vite s'il te plaît.

—Que bois-tu au bistrot, Mat ?

—Un chocolat. Je te jure. C'est le troisième…

—Prends un café après si nécessaire, puis de l'eau. Tu m'attends n'est-ce pas ?

—Que veux-tu que je fasse d'autre ? Je n'ai pas d'argent, presque plus d'essence et je risque de me faire repérer.

—Bien ! Enfin, si j'ose dire. De toute façon, on n'aura pas de nouvelles des jumeaux avant deux heures environs. Je t'aurai récupéré d'ici-là. Je viens de monter dans la voiture.

—Au fait, vous essayiez de nous retrouver n'est-ce pas ?

—Bien sûr, idiot ! Dolorès était comme une lionne en cage. Elle a passé je ne sais combien de coups de fil ! On était déjà aux trente-sixième dessous, mais elle c'était encore pire ! Elle tient à toi, ton amie…

—Ouais… Et Almudena ? Des nouvelles ?

—Elle va déjà beaucoup mieux. Je vais néanmoins retarder sa sortie de l'hôpital prévue pour ce soir. On avisera plus calmement demain. Avec la mort de Paula, il faudra qu'on prenne des dispositions pour l'accompagner. J'ai deux bonnes amies dans le secteur. Elles pourront l'épauler. Je crois avoir compris que vous vous entendiez plutôt bien tous les deux…

—Un peu…

—Quand je suis passé devant ta chambre, dans la nuit, j'ai entendu certains bruits qui ne trompent pas... Allez ! On en reparlera plus tard si tu veux. Je téléphone à tout le monde pour les tenir informés de la situation. Je m'occupe également d'Almudena, jeune coq !

Et elle raccroche sur ces deux derniers mots…

Que ce coup de fil m'a fait du bien ! Je pose le combiné et retourne m'assoir au bar.

—Un café et un verre d'eau, por favor !

Dans trois quart d'heure, mon ex sera là.

Amber. Mon amour…

Chapitre 33

—Quelqu'un a vu les jumeaux ou pense les avoir vus ? demande Renzo.

—Non, chef, aucun d'entre nous. Les salauds, j'aimerais bien leur faire payer la mort de Dante !

—On les aura, Matteo, on les aura ! Ignazio et Federico, vous êtes sûrs qu'ils n'étaient pas du côté des étudiants ?

—Vous savez, les étudiants portent le Capirote sur la tête, ce maudit bonnet pointu ! Ils ont dû en profiter pour se dissimuler…

—Comme le Mat s'est échappé, l'alerte a dû être donnée, et ils ne se sont pas pointés. Cela étant, ils cherchent quelque chose sur le trône… Matteo, ton avis ?

—Si j'étais eux, Renzo, je me dirais qu'il y a un gros risque dans la journée de nous croiser, donc, j'attendrais…

—Ce soir, au hangar ? enchaîne Federico.

—Exact ! C'est ce que je pense. Ce sera dans les bâtiments de la confrérie que le trône sera stationné pour la nuit, pas dans un hangar, Federico ! C'est là qu'ils agiront ! Avec ce que la Paula a dit, ce doit être cela !

—Je m'en tape de savoir le nom exact, moi je veux venger Dante !

—On va quand même surveiller ce qu'il se passe autour de la procession. Allez, on se disperse comme tout à l'heure. Nous nous retrouverons dans deux heures. Je vous appellerai pour vous donner le lieu. Matteo, tu restes avec moi !

Federico et Ignazio partent rejoindre le côté gauche de la procession qui est pourtant difficile d'accès tant la foule est compacte. Ils décident alors de passer au sein de la fanfare.

—Tu crois qu'ils vont être attentifs, Matteo ? J'ai l'impression qu'ils sont en train de lâcher l'affaire…

—C'était le cas avant que Paula ne tue Dante. Là, ils sont remontés comme pas deux ! En plus, je leur ai reparlé du document et de la possibilité pour nous de… tu vois, tu l'as dit…

—J'ai dit quoi, Matteo ? dit Renzo, en regardant autour de lui, anxieux et méfiant, même s'ils parlent en Italien.

Ils se rapprochent tous deux d'une encoignure de maison pour pouvoir discrètement discuter.

—Si, tu sais, l'allongement de vie, avec la formule. Tu crois qu'on en bénéficiera ?

—Ecoute Matteo, notre père, oui. C'est pour lui que nous nous sommes lancés dans tout cela. Je peux t'avouer que nous recherchons la formule de la composition d'un liquide. Il sera le premier à en prendre. Toi et moi serons les suivants, je te le jure ! Tu es peut-être né d'un adultère mais nous avons le même père ! Quant aux autres …

—Tu te rends compte, allonger notre vie… De combien de temps, selon toi ?

—Les scientifiques, en se penchant sur les quelques lignes de l'étude, estiment cinquante ans environ… Ils en sauraient plus s'ils avaient la formule entière ! Mais on n'a rien de complet pour l'instant, Matteo, alors du calme…

—Oui, oui Renzo ! Pour Le Tanneur, ne t'inquiète pas, je l'ai à l'œil.

—Il me saoule celui-là. Il m'énerve vraiment ! J'ai l'impression qu'il veut me prendre ma place.

—Il crèvera avant ! Je t'en fais le serment ! D'ailleurs où est-il ?

—Je ne sais pas, il a dit qu'il voulait être tranquille.

Renzo sourit, tapote gentiment sur l'épaule de son demi-frère et lui dit :

—On continue de les chercher ces gamins, même si je suis convaincu qu'ils ne sont pas dans la procession.

—C'est parti ! répond Matteo, en se mettant en serre file des porteurs du trône.

La musique est lancinante, sinistre. Renzo regarde Matteo, se bouche les oreilles, et lève les yeux aux ciels.

—Nos musiques de processions sont tout de même bien meilleures !

Chapitre 34

Dans un café au centre de Malaga.

L'arrière-salle.

— *C'est souvent par un secret oublié que renait*

la lumière ainsi, la Pollinica, Fusionadas, Dulce

nombre, Salutacion, Humildad y Paciencia,

Humildad, Salud, Huerto, Prendimiento

Crucifixion, Passion, gitans, Dolores del puente

frères et sœurs pensez à nous et n'oubliez pas le

manteau de fleurs virginal, énonce Emma. Je suis
sûre que c'est le texte précis, au mot près !

—Au mot près, au mot près… N'empêche qu'il y
a des doutes sur l'interprétation. Il n'est pas

certain que ce que nous cherchons soit sur le trône, rétorque Lucas.

—Sur le trône ou dedans, continue Emma. Moi, je dirais sur la cape de la Vierge, une fleur, avec à l'intérieur un message !

—Pourquoi, cette idée ? questionne son frère.

—Lucas, te souviens-tu des jeux de cache-cache à la maison ?

—Euh, oui, avec papa et maman …

—C'est ça, et celui qui gagnait, il…

—…avait le droit de cacher quelque chose quelque part. On ne mangeait pas tant que ce n'était pas trouvé !

—Oh la vache ! s'offusque Max. Terrible comme jeu !

—Tu parles, je ne te dis pas comment on a développé des qualités dans ce domaine. Si je me souviens bien, une fois on a mangé vers minuit…se souvient Lucas.

—Oui ! Et où avais-tu trouvé la bague de maman ?

—Dans une fleur, sur la petite statue de la Vierge Marie, que maman avait achetée durant la Semaine sainte… Tu es géniale Emma !

—Je sais ! répond-elle en éclatant de rire.

—Bien vu, ajoute Léa. Alors la procession ?

—J'irai avec Emma. Elle n'a quasi pas été vue par les mafieux ! Peut-être un peu dans le café, quand ils vous ont filé et qu'ils t'ont frappé Lucas. Mais c'est tout ! affirme Max.

—Sûr ? demande Lucas.

—Oui, je suis sûr, et non, à ta prochaine question ! Je ne demanderai pas à Mat, ni à Amber s'ils approuvent. Nous n'avons pas besoin de chaperons ! Nous pouvons décider nous-mêmes de ce qui est le mieux pour cette affaire ! Regardez ce qui est arrivé à Mat, et à Paula !

—La pauvre ! dit Emma.

—On ne sait pas vraiment comment elle est morte, ajoute Max. Amber n'a pas donné de détails. Laissons Mat se remettre un peu de tout cela, il nous sera bien utile pour la suite ! Tout ne doit pas reposer sur lui ! Ok ?

—D'accord pour moi, dit Léa.

—Les flics ? demande Lucas.

—Les flics ? Dolorès et Miguel ? On s'en moque ! A force de vouloir jouer en solo, Dolorès passe à côté des nombreuses aides qu'elle pourrait avoir au sein des services de police, à commencer pour notre protection. Les jumeaux ? rétorque Max.

—Euh oui, que veux-tu ? demande Lucas.

—Avez-vous reçu de sa part quelques éléments par rapport à la mort de vos parents ?

—Rien…

—Est-ce normal ?

—Non ! Tu as raison, Max. Elle est plus occupée à draguer Mat et à essayer de discréditer Amber qu'à nous protéger, ajoute Thomas.

—Tu as vu tout ça, toi ? s'exclame Léa.

—Je ne suis pas aveugle et je vois ceux ou celles qui minaudent…

Léa s'empourpre en un instant. L'atmosphère est lourde, l'endroit est bruyant. Les gens à l'extérieur sont nombreux et impatients en attendant la procession.

—Bon, on fait comme Max a dit ?

Tout le monde s'accorde sur ce point.

—Léa, maquille-toi outrageusement pour brouiller les pistes !

—Oui Max, mais toi ?

—Dans cinq minutes, tu ne me reconnaitras plus ! dit Max en prenant son sac à dos, et en se dirigeant vers les toilettes.

—Je vais demander à Antonio, le patron, s'il est d'accord pour que nous puissions rester ici. Logiquement, on aura le message au pire ce soir dans le bâtiment où sera rangé le trône. Cette fois-ci, ce sera Léa et moi qui t'accompagnerons Emma ? D'accord ? questionne Thomas.

—Pourquoi encore Emma ? s'étonne Léa.

—Parce que j'ai plus d'entraînement que vous dans ce genre de recherches avec les jeux qu'organisaient nos parents.

—N'empêche, il faut que ce soit diablement important pour vous avoir fait subir tout cet entraînement à votre insu. Parce que vous ne saviez pas pour quelle raison on vous entrainait et on vous faisait apprendre tout ça ?

—Exactement ! Quand on récitait chaque jour nos poésies pour Emma, et pour moi les séries de nombres, à ce jeu du « Au mot près », on n'avait pas intérêt à se tromper ! Je suis impatient de savoir quelle mission si importante nous a été confiée par papa et maman…

—Oh, put…

—Allons, allons, on ne jure pas Léa ! Ce n'est pas beau dans la bouche d'une jeune fille ! dit Max en revenant, carrément métamorphosé.

Max apparaît, les cheveux rasés très courts et muni d'énormes lunettes de soleil. Le pansement sur son front à peine visible…

—Max, tu es un génie ! s'exclame Léa.

—Quand je le disais ! ajoute Thomas.

—Quoi ? questionne Lucas, perfide dans sa question.

—Qu'il est un génie, notre Max ! lance sans se démonter Thomas.

—Ah, je pensais que tu parlais de la réaction de Léa… répond faiblement Lucas, en se penchant vers Thomas.

—C'est bien ça également ! dit Thomas en détournant la tête du regard des autres, et en clignant d'un œil à l'encontre de son interlocuteur.

—Les messes basses, là, c'est quoi ? reprend Emma.

—On révise le plan. Max, le génie, dit Thomas, dis-nous si c'est bien ça ?

Thomas résume tout.

—C'est parfait ! Emma, on y va ? On essaie de choper le message. Si ce n'est pas possible, on revient ici. Thomas, Emma, et Léa vous irez alors dans le bâtiment où se trouvera le trône stationné. Amber et Mat n'ont pas à connaître le changement de plan pour la fin. Pas trop de détails, seul le résultat compte ! Les amis, on se dit à tout à l'heure ?

—A tout à l'heure ! s'exclament tout le monde en chœur.

Les étudiants voient disparaître Emma et Max. Les bruits sont toujours aussi forts, la bière coule à flot et les esprits s'échauffent…

—Nous étions cinq, chuchote Thomas, en sirotant sa bière.

—Pourquoi étions ? demande Léa.

—Leur mission est si dangereuse que je crains pour eux, c'est tout, dit placide le jeune homme.

—Petit con ! lance Léa en tâchant de dissimuler quelques larmes.

—Oh Léa, je plaisante ! lui dit-il, alors qu'elle se dirige vers les toilettes.

—Quand tu veux, tu peux être un petit con, toi ! déclare à froid Lucas. Ou un jaloux qui devient méchant !

—Méchant, ça doit être cela ! tonne Thomas, le regard froid dirigé vers son compagnon de table.

Chapitre 35

—Il y en a marre de tournicoter comme ça ! Téléphone à Renzo !

—Non, Ignazio ! Il va nous défoncer ! C'est à lui de nous contacter… On ne fait… Mince, il m'appelle !

—Qui ?

—Devine ! dit Federico en prenant son mobile. Oui Renzo, qu'y a-t-il ?   Ok ! Ok ! Ok ! Intéressant ! On arrive. D'accord, je vois où !

Federico raccroche, hilare.

—Alors ? questionne Ignazio.

—Le Tanneur les a repérés. Il est avec Renzo et Matteo. On les rejoint.

—Y en a quand même ras le bol de suivre, de planquer, de kidnapper, de perdre l'otage… Tu as beau dire, tu as beau faire, avec Don Gustavo, on aurait déjà flingué deux ou trois personnes, couper deux ou trois membres, mais on l'aurait le document et depuis longtemps. On serait déjà chez nous en Sicile ! Depuis le début, ce sont des plans à deux balles qu'on suit !

—Chut ! Avance plus vite, ce n'est plus loin !

Quelques minutes plus tard, ils arrivent au salon de thé où les attendent Renzo, Matteo, et Le Tanneur.

—Patron, un salon de thé ? grimace Ignazio.

—Qu'est-ce que tu veux, Le Tanneur en avait envie… répond Renzo le sourire aux lèvres.

—Un peu de finesse dans ce monde de brutes, voyons ! renchérit l'intéressé.

—On boit quoi dans un salon de thé ? questionne Ignazio moqueur.

—Tu es lourd, dit Matteo, réfléchis !

—Alors, notre affaire en est où ? demande Federico.

Le Tanneur baisse le ton et enchaîne :

—Je l'ai vu, je l'ai reconnu à ses yeux !

—Qui ?

—Le petit gros ! Il s'est tondu, a camouflé sa cicatrice, mais j'ai reconnu ses yeux de faon apeuré lorsqu'il a ôté ses lunettes de soleil ! Il sera un looser toute sa vie ce gars ! finit-il dans un large sourire.

—Oh, le petit Max ! dit Ignazio.

—Il était avec une fille ajoute Renzo. On pense que c'est la jumelle. Ils ont traîné près du trône, il semblait chercher quelque chose, c'est ça ?

—Oui, répond le Tanneur. Manifestement il scrutait le trône, puis ils se sont écartés de la procession et sont partis.

—Où ?

—On s'en fout ! réplique Matteo. Ce qui est certain c'est qu'ils vont revenir ce soir, après la procession dans le bâtiment où on le range. C'est à ce moment-là qu'ils agiront !

—Comment en être sûr ? On va encore se faire balader.

—Quoi ? tonne Renzo.

—C'est vrai, patron ajoute Federico. On en parlait tout à l'heure avec Ignazio, on traîne, on traîne, mais on n'a rien, on ne trouve rien, on perd même nos otages ! C'est inquiétant, non ? Il ne faudrait pas demander à Don Gustavo qu'il nous envoie de l'aide ?

—Comment oses-tu ? déclare Renzo en insistant sur chaque syllabe …

Ses yeux sont noirs de colère, ses mains sont crispées, l'une sur l'autre, blanches tant il appuie.

—Chut, mon ami, lui dit Le Tanneur en posant doucement sa main sur celle de Renzo. Voilà le serveur.

Celui-ci effectivement s'adresse à la cantonade.

— Ce sera quoi ?

—Du thé pour tout le monde, répond le Tanneur, Earl Grey, et des churros, vous avez ?

—Bien sûr ? Combien chacun ?

—Trois, s'il vous plaît.

Le serveur repart.

—C'est intéressant ce que dit Ignazio, reprend le Tanneur. Es-tu sûr de pouvoir finir cette mission Renzo ? Veux-tu que je prenne la main… sans jeu de mots, bien-sûr … ?

Renzo est hors de lui. Il dirige sa main vers la poche intérieure de sa veste. Matteo le regarde droit dans les yeux et déclare.

—Renzo sait très bien ce qu'il fait ! Le Tanneur, pourquoi n'as-tu pas continué à suivre ce Max et cette Emma ? Tu as des doutes toi aussi ou tu te fais vieux et il fallait que tu te reposes ?

Matteo, tout en parlant, a lui aussi mis la main dans sa poche intérieure. Cette fois-ci, il scrute le moindre geste du désormais ennemi de son frère.

—N'oubliez-pas, les gars, reprend Renzo qui est un peu plus détendu, que nous avons besoin de l'intégralité des documents. On ne peut pas descendre tout le monde sans savoir qui vraiment détient toutes les informations. Au petit matin, c'est à nous d'agir pour qu'on en finisse ! Demain on les liquide tous et on quitte le pays ! Quelques années supplémentaires vous attendent au bout de ce voyage. Quand je dis quelques, je pense…cinquante !

—Nom de Dieu !! s'exclament en chœur Ignazio et Federico.

Etrangement, tout le monde éclate de rire, se détend tandis que le serveur arrive avec la commande.

A l'inverse des autres, Le Tanneur, lui, engage sa main dans sa poche intérieure. D'un regard retors, il scrute l'assemblée que forment ses compagnons et le serveur !

Matteo lui aussi fait mine d'engager sa main droite.

Le Tanneur hoche la tête de droite à gauche.

—Je dégaine plus vite que toi, Matteo ! ajoute-t-il en sortant un billet de cinquante euros, et en le posant sur la table au milieu des thés et des churros. Gardez-tout ! On fête le nombre cinquante aujourd'hui !

—Ah, c'est les cinquante ans de quelqu'un ? lance, naïf, le serveur.

—Oui ! Devinez qui ! dit-il en s'esclaffant.

Le serveur est déjà parti, le billet en poche pour solde de tout compte. Pas besoin de lui en expliquer plus. L'ambiance est plus détendue en apparence.

Renzo scrute les yeux de Matteo. Celui-ci est plus serein, il cligne lentement les yeux, et d'un large sourire rassurant, s'exclame :

—Dix, vingt, trente, quarante, et cinquante !

Il lève sa tasse, et dit haut et fort :

—Au patron les gars ! Au patron !

Chacun porte sa tasse à la bouche. Ignazio et Federico grimacent. Matteo ne cille pas. Renzo semble apprécier, un sourire narquois aux lèvres. Le Tanneur ne trinque pas. Il a déjà englouti deux churros, et conclut la bouche pleine :

—Nous verrons, nous verrons… Puis-je te parler Renzo ?

—Pourquoi ?

—Comme ça, c'est tout !

—Vas-y.

—Rien que nous deux.

—Tu peux devant les hommes, pas de souci.

Les trois spectateurs sont crispés. Ils savent que c'est un moment important qui se joue.

—Non, Renzo, on se parle entre chefs. Ils n'ont pas à écouter. Allons dehors, il y aura des témoins, si tu t'inquiètes.

—Je ne m'inquiète de rien. Vas-y.

—Eh bien, il se trouve que…

Une bagarre éclate à quelques mètres d'eux. Trois jeunes se battent. Les hommes de Renzo se lèvent.

—On doit partir vite, dit Matteo, la police va arriver. Allez, on file !

—Dommage ! glisse le Tanneur, à Renzo. J'allais te montrer que la mienne est plus grosse que la tienne.

—Tu n'as pas encore compris que ce n'est pas la taille qui compte !

—Je ne te parlais pas de ma bite, Renzo, mais plus exactement de ça !

D'un geste rapide, il se lève, fait descendre de la manche de sa veste un bout de métal très brillant, de l'acier, et le fait disparaitre presqu'aussi vite de l'endroit d'où il venait.

—Un couteau d'office, un Nagasaki, je l'ai reconnu à la forme de la lame. Tu crois me faire peur ? lance Renzo.

Matteo n'est pas très loin et observe. Il sait où est son devoir.

—Bien vu, dit Le Tanneur à Renzo, son visage à dix centimètres du sien.

Ils se regardent tous deux, ils sentent la sueur malgré les déodorants de luxe dont ils se sont aspergés avant de commencer la traque. Ils portent leurs costumes et il fait très chaud dans le salon de thé bondé. La tension est de plus en plus palpable.

—Tu sais que le Nagasaki est un couteau pour peler les fruits et les légumes. Devine ce que je pèle avec, petit ? Max le sait, lui. Alors tu ne la ramènes plus avec moi, et je prends les rennes du groupe dès ce soir ! Je te laisse d'ici-là pour passer l'info à tout le monde, Matteo compris. Vous filerez droit et il n'y aura aucun problème. Si tu veux, je pourrais même dire à Gustavo que c'est grâce à toi que la mission a réussi et que t'ai simplement épaulé. C'est clair pour toi ?

Matteo les rejoint juste au bon moment car Renzo est déstabilisé. Son monde s'écroule. Il ne sait plus quoi faire…Mais Matteo est là. Il saura, lui…

—Allez, dépêchez-vous les flics vont arriver !
Regardez autour de vous bon sang, la bagarre
dégénère ! Allez, on dégage !

Il prend le bras de Renzo et le pousse
devant lui. Il jette un œil en arrière vers Le
Tanneur. Ce serait si facile pour lui, à cet instant,
dans la bagarre générale, de lui planter son
Nagasaki dans le dos.

—Vas-y Matteo ! N'aie crainte, je surveille tes
arrières !

—Je ne crains pas pour mes arrières, je sais me et
nous protéger ! Vous verrez le moment voulu !

—Une menace, Matteo ?

—Une prédiction… sans plus. Une prédiction !

Chapitre 36

Temps passé : 6h30

Exténué. Mourant. Voilà ce que je suis… Mourant.

Je viens de retirer sous moi environ quarante centimètres de bois … Rien, pas de trou…

Un dernier souffle… Mon dernier souffle… Je le sens venir… Mes amis, je vais vous laisser maintenant. Je me meurs…

Adieu !

Adieu, j'ai dit, c'est maintenant que je meurs !

Eh bien, non… Pas encore !

Une demi-heure bien passée, c'est plus que je n'avais espéré. Je tends au maximum la main sous mes fesses. Le bois que j'ai péniblement arraché… L'extrémité… Moins d'eau…

Moins d'eau ? Bon sang ! J'y suis ! Je tends encore un peu plus mon bras. Je sens un espace vide en dessous ! Bordé de béton, ou quelque chose comme ça ! J'y suis ! Un très léger sentiment de fraicheur caresse mes doigts. Un air moins vicié sans doute. L'air de cette partie du caveau ! Je ne le sens pas lorsque je respire car il ne doit pas y en avoir beaucoup, et puis il n'y a pas de courant d'air. Ceci explique cela ! Pas d'autre odeur, tant mieux ! Il est vide…

Je ne sais plus combien de temps il me reste théoriquement, mais il faut que j'en tire parti. A priori, j'ai récupéré de l'oxygène, donc profitons-en pour rassembler les dernières pièces du puzzle. Mourir moins idiot…

Puzzle… C'est parti ! L'autre, le Tanneur qui voulait me découper le sexe pour en faire un puzzle… Oui, le Tanneur, il était au bâtiment du grand trône de la Vierge. Je m'en souviens… Amber m'avait récupéré après ma prise d'otage. Tout était calé selon elle. Chacun avait son rôle, notamment pour aller trouver le message sur le trône de la Vierge. Si ce n'était pas possible, on essaierait le soir lorsque le trône serait rentré. Cela n'avait pas fonctionné dans la procession. Amber avait reçu un message des étudiants pendant que je dormais. Elle m'avait emmené chez une de ses amies, pour que je me repose. Ces amies qui ne posent pas de questions, ces amies sur qui on peut compter quoiqu'il arrive… J'étais extrêmement fatigué. Les nerfs sans doute, et le tabassage ! Mon visage s'en souvenait !

Pas grave, c'était le plan, et nous avions prévu de tous nous retrouver au bâtiment du trône. Tout le monde, du moins ceux et celles concernés par la visite nocturne à la Vierge… J'avoue ne plus avoir su à ce moment qui j'allais y trouver ! Quand nous sommes arrivés avec Amber, les jeunes étaient déjà sur place. Ils avaient trouvé le message codé qui indiquait l'endroit où étaient cachés les documents. Sous quelle forme ? Nous n'en savions rien. Dès le début, aucune certitude… Microcarte sans doute.

Lorsque Amber et moi les avions rejoints, les jeunes parurent surpris. Amber ne leur avait pas signifié que nous allions revenir auprès d'eux… Pas grave, cela n'avait pas d'importance… Quoique !

J'avais entendu des bruits suspects lorsque nous étions à l'intérieur, des bruits de voix qui provenaient de derrière la maison du coin, en provenance du chemin du château. Plus exactement des accents italiens suspects, genre …siciliens ! Des gens à cette heure-là, rien de plus normal… Durant la Semaine Sainte, à Malaga, la nuit et le jour s'entrelacent pour certains… Pour beaucoup, même… Mais là, c'était troublant…

Malgré tout, lorsque j'avais vu Thomas, Lucas et Emma, (bizarre, ce devait être Léa plutôt que Lucas…), je leur avais intimé de se cacher bien au fond de ce qui pouvait ressembler à une ancienne chapelle.

—Mat ? Pourquoi ? avait demandé Thomas.

—Je crois que l'on a été suivi, nous ou vous. Peu importe. Allez-vous cacher, là-bas ! C'est une trappe de cave, je crois. Descendez-y vite et silencieusement. On ne vous y trouvera pas ! Pas un bruit. Donnez-moi le message !

—C'est bon, Mat, on l'a traduit, le code des francs-maçons n'est pas très compliqué, en fait, parce que…

—Magne-toi ! Bon sang !

—*Les quarante-huit s'y trouvent ! Et moi je proteste. Heureusement, le Général le protège. Sous la patte du lion…* On ne comprend pas !

—La vache ! avais-je fait alors… Je vais triturer mes méninges et je gère les intrus aussi. Pas un bruit, je m'occupe de la suite. Amber, tu préviendras la police !

—Mais toi ?

—Amber ! Il faut se dépêcher. Où est Léa ?

—Je préviens la police ou Dolorès ? Léa ne voulait pas venir…

—Heu… Je préviens Dolorès, elle fera tout ce qu'il faut !

—J'espère… Fais gaffe à toi !

—Je gère. Bonne chance à tout le monde ! avais-je lancé en chuchotant, à tel point que je pense n'avoir été entendu par personne.

Qu'est-ce qu'on peut être con parfois quand on panique. Et j'étais en train de paniquer !

Mais j'allais, pour une fois, réagir et non pas être spectateur. Il n'y aura pas de troisième défaillance. Non, pas de troisième fois avec des conséquences funestes… Je vais les protéger, je vais me sacrifier, comme Paula l'a fait.

Tout le monde était parti se cacher. Les quatre étaient descendus dans cette cave, avaient refermé doucement le vantail qui se reposa tranquillement sur le sol, verrou coulissant ouvert, un verrou de près d'un mètre de long qui prenait toute sa largeur. Quand juste à cet instant, la grande porte de la bâtisse s'était ouverte avec fracas puis refermée aussi vite. Un courant d'air encore chaud m'avait cueilli…à froid !

Je n'étais pas prêt à cette situation. Je n'avais pas anticipé. Être dans l'action, c'est plus difficile que je ne le pensais…

Je m'en souviens bien… Un tournant de ma vie allait se jouer en ce lieu.

Depuis mon arrivée, nous étions éclairés par nos téléphones portables. Là, c'était l'obscurité. Devant moi, se baladaient désormais quatre halos de lumière…

Je ne bougeais pas.

—Doe, je présume ? dit Renzo.

Je l'avais reconnu. Un ton si glaçant, un accent si prononcé. On n'oublie pas. On n'oublie jamais.

—Bien sûr, qui voulez-vous que ce soit d'autre ?

—La personne qui était avec vous à votre arrivée où est-elle ? Homme ou femme ? Qui est-ce ?

—Ah, c'était un jeune qui m'a ouvert ! Un bon gros billet de cinquante et le tour est joué ! Il est reparti par la porte latérale, là-bas, avais-je dit en montrant une porte effectivement qui donnait sur le côté des deux grands vantaux. Sans éclairage à cet endroit, c'est bien discret ! Pour vous rassurer, je suis donc tout seul ! Vous pouvez vous amuser, mais ces grandes bâtisses résonnent. Alors, je risque de crier et les rondes de police sont fréquentes devant les garages des trônes…

—Ouais, c'est ça… Le Tanneur, peux-tu inspecter les lieux ? Je sais que tu es minutieux et que rien ne t'échappera.

—Ok ! C'est tellement demandé gentiment ! avait ajouté le Tanneur.

Je ne l'avais vu qu'à la ferme, mais si rapidement qu'à cet instant je n'avais pas manqué de l'inspecter sur toutes les coutures…

—Ne vous gênez pas de me détailler, Monsieur Doe. Je vous ai bien observé, moi aussi à la ferme. Alors, impressionné ? Moi, je dois dire qu'une partie de votre corps m'intéresse plus que tout… Qui sait ? Tout à l'heure, peut-être…

Plus froid que froid, plus glaçant que glaçant, il y a quoi ? Marmoréen, froid, dur, blanc comme le marbre. Telle est la description du Tanneur.

—Tu t'amuseras tout à l'heure, s'il te plaît, en tout cas, après la révélation de l'endroit où se trouvent les documents ! avait rétorqué Renzo.

—Ok ! Je fouine alors… renchérit mon futur bourreau.

—Pas la peine de chercher. Je n'en ai plus rien à foutre de cette histoire. Si vous voulez savoir où sont les documents, je vais vous y conduire !

—Je vais fouiner d'abord ! ajoute de manière perverse le Tanneur.

Je n'ajoutais rien, je ne voulais pas éveiller ses soupçons.

Son regard avait bien sûr été attiré par ce vantail de la chapelle qui menait de manière évidente à un sous-sol, ou plutôt une cave ...

Il était arrivé, cognait dessus quelques secondes avec son pied, cela résonnait.

—Tiens ! Au moins quelque chose qui résonne ici ! m'étais-je permis de rajouter.

On n'a rien sans rien : j'eus d'abord un bon coup de poing dans le ventre de la part de Matteo, puis une claque du Tanneur qui était revenu en trombe vers moi.

—Vous allez vite avec vos courtes pattes, maudite bête de l'Enfer ! avais-je ajouté.

—Stop Le Tanneur ! dit Renzo. Tu t'en occuperas plus tard. Il nous le faut en bon état.

—Un instant, s'il te plait…

Il s'était précipité vers la porte de ce qui devait être la cave, et d'un coup sec, avait refermé le loquet.

—On ne sait jamais, si quelqu'un se cache là-dedans ! dit-il en crachant à terre.

—Peut-être vos amis les monstres ! avais-je lancé, les démons de vos nuits ! Je suis sûr que vous ne dormez pas sereinement. Les nuits doivent être agitées !

Il était revenu tranquillement vers moi, m'avait toisé.

—Je vous ai dit que je suis seul ici… Je sais où est caché la microcarte, je pense que c'est ça….

—Où est-elle alors ? demanda quelqu'un que je n'avais pas identifié.

—Ignazio, voyons… Sois patient ! Matteo, tu t'occupes de Doe, on ne va pas trop traîner ici, sait-on jamais. C'est loin ?

—On ne peut pas dire cela, je dirais plutôt que prochainement vous y serez.

—Quelle précision, Monsieur Doe ! Quel flegme ! Bravo ! avait ajouté mon futur tortionnaire.

Nous étions sortis rapidement, à mon grand soulagement. Le Tanneur n'avait pas continué ses recherches au niveau de la cave. Tant mieux pour Amber et ses désormais protecteurs, car il n'y aurait plus qu'eux pour la protéger maintenant. Dans moins d'une heure, des personnes viendraient dans la bâtisse pour nettoyer le trône, ils pourraient donc être libérés…

Pour ma part, dans quelques minutes, je serai mort sous les coups de ce Matteo ou dépecé par ce sadique qui traîne avec eux. Mon sexe dépecé… Beurk… A gerber, même encore maintenant quand j'y repense.

Pourquoi avais-je pensé alors à ma mort ? Parce que je n'avais aucune idée de ce que signifiait cette énigme !

—Où va-t-on ? avait demandé Matteo qui conduisait le gros break dans lequel je me retrouvais, encadré par Renzo et Ignazio.

—Si je vous le dis maintenant, vous n'allez plus avoir besoin de moi, et vous allez me tuer. Donc, on va procéder autrement. A ma manière.

—Tu te fous de nous ! avait tonné Ignazio.

—Ignazio, Ignazio ! Patience t'ai-je dit ! Tu sais, il est tard, très tard ou tôt plus exactement... On a le temps de s'amuser et de se distraire un peu. On vous écoute.

—Si je vous dis « quarante-huit », vous pensez à quoi ?

—Patron, il se fout de nous, non ?

—Un indice supplémentaire Monsieur Doe ? avait demandé Renzo.

—Ok pour l'indice ! avais-je dit crânement. Je rajoute « le Général ».

Et à ce moment, vous savez, je perçois l'idée lumineuse qui vous traverse l'esprit de manière instantanée, celle qui se trouvait tout au fond des méandres de la mémoire quelques instants auparavant et qui ressort, vous ignorez par quel miracle ! Je connais désormais le nom de ce miracle : l'adrénaline ! L'adrénaline du moment que l'on devine être son dernier sur terre…

—Ne s'agirait-il pas du Général Torrijos, et de ses 48 compagnons qui furent fusillés sous Fernando VII ? Dans ce cas, on parlerait du monument funéraire qui lui est consacré ? déclara le Tanneur.

J'en fus estomaqué. Comment savait-il tout cela ? Et, de fait, il venait certainement de trouver le lieu où la microcarte se trouve, comme mes amis je pense… Je décidais, en un instant de les emmener sur une piste parallèle.

—D'où connais-tu tout cela ? questionne Renzo.

—Je ne suis pas l'inculte personnage que tout le monde imagine ! J'aime bien me cultiver. Quand je me rends dans un endroit, une ville, je m'enquière de toutes les informations possibles, géographiques, historiques, culturelles et sociales. Je sais où se trouve cet endroit. A la place de la Merced, n'est-ce pas ? dit-il en me toisant. Au centre exactement.

Il avait alors tourné la tête vers la route, et s'était adressé au chauffeur :

—Allons-y, Matteo ! Ce sera là que nous allons découvrir notre Graal !

—Si je peux me permettre, avais-je ajouté dans la seconde, ce ne sera pas le lieu où vous trouverez votre Graal !

—Ah bon ? avait questionné Renzo.

—Non, c'est ailleurs. Si je vous indique le lieu, me promettez-vous de ne pas me remettre entre les mains de cet horrible individu ? lui avais-je demandé.

—Pourquoi pas ! C'est envisageable. Mais il faudra que ce se soit le bon ! On est d'accord ?

—Ce sera l'endroit !

—Le Tanneur, une requête honorable, non ?

—Ok pour moi, si ce qu'il va nous dire conduit à la microcarte.

—Où va-t-on, bon sang ? avait demandé Matteo, impatient et sur les nerfs, manifestement.

—Le Général effectivement et ses 48 compagnons furent exécutés. Un célèbre irlandais, Robert Boyd, héros romantique et révolutionnaire, avait suivi le Général dans sa révolte contre le retour de l'absolutisme de Ferdinand VII. Il faisait partie des 48. Il avait été enterré en un autre endroit, dans un cimetière plus précisément. Le cimetière anglais de Malaga. Voilà où nous devons aller Matteo ! C'est un mémorial pour les 48 à la Merced, avec le Général. Le quarante-huitième compagnon, lui, est donc enterré dans le cimetière anglais ! Pardi ! Un riche protestant irlandais, sa place était en cet endroit !

Ayant une excellente mémoire, je m'étais, à l'instant même, souvenu de ce passage historique qu'un guide nous avait délivré lors d'une visite privée avec mes amis Emilio et Lucie… Les pauvres…

—Alors là, Monsieur Doe, respect ! dit Renzo. Quelle était la phrase exacte donnée par vos amis, Lucie et Emilio, c'est ça les prénoms ?

Je n'avais pas répondu à cette deuxième partie de la remarque. Prononcer devant lui le nom de mes amis était comme un blasphème. S'il ne s'en souvenait pas, ou s'il faisait semblant de ne pas s'en souvenir, cela n'offrait aucun intérêt de les citer.

——*Les quarante-huit s'y trouvent ! Et moi je proteste. Heureusement, le Général le protège. Sous la patte du lion….*

—Vous la connaissez par cœur ! Inventée ?

— Non trouvée sur le trône ! avais-je avoué pour augmenter la crédibilité de mon propos.

—Ah, je commence à comprendre : « *…je proteste…* » Mais quand on dit, *Heureusement, le Général le protège.*   Cela voudrait dire que la microcarte se trouve sur l'édifice du Général, non ? *Et la patte du lion* ? Qu'est-ce que c'est ?

—Non, regardez l'écriture, elle est différente sur cette phrase !

J'avais alors sorti le message de ma poche pour le montrer à Renzo. Etrange cependant, car à y bien regarder, je ne reconnaissais pas l'écriture d'Emilio, ni de Lucie d'ailleurs… Bizarre !

—Je ne vois rien de différent !

—Moi je vois ! avais-je affirmé ! Quand on ne sait pas vraiment ce que-je l'on cherche, on ne trouve pas ! Regardez le H majuscule. Il est fait de telle manière que cela doit m'interpeler. Nous nous amusions lorsque nous étions jeunes à rédiger des énigmes, et le H écrit de cette manière par mon ami était le signe qu'il ne fallait pas tenir compte de la phrase qui suivait ! Nous commencions toujours d'ailleurs par Heureusement… en revanche, sous la patte du Lion, ce n'est pas la même phrase, et vous verrez ce que cela veut dire, une fois sur place. Là, c'est son écriture !

—Tordu !

—Ingénieux, plutôt ! avais-je menti.

Quel baratineur je faisais ! C'est vrai que c'était tordu… Il n'y avait rien de vrai dans cette mascarade de code secret avec le H, mais bon, parfois plus c'est bizarre, mieux ça passe ! Cela semblait être le cas ! L'histoire du lion ? C'est quoi ce lion ? Dans le cimetière anglais, à l'entrée, mais pas sur l'édifice place de la Merced… De plus, nous étions manifestement tous fatigués. Cela aide ! Direction le cimetière pour les écarter de la cachette du secret…

J'avais aussitôt remis le message dans ma poche. Il était écrit de la main d'Emilio, en souvenir... Quoique, j'avais un doute sur la provenance de l'écriture… Je ne pensais pas que c'était écrit de sa main… Un doute…

—Fétichiste ? me questionna Ignazio.

—Non ! Ecrit de la main d'un ami qui lui est cher, c'est tout ! rétorque Renzo. Tout ça me dépasse… Quelle importance, franchement !

—Je suis de ton avis, Renzo, avait ajouté, Ignazio, en clôturant ainsi la discussion.

J'avais abattu ma dernière carte. Honnêtement, je ne savais pas alors quelle était la cache de la microcarte. Était-ce dans le cimetière anglais de Malaga, ou sur le monument du Général place de la Merced ? J'aurais parié sur la deuxième solution, donc les emmener au cimetière leur ferait perdre du temps. Les jeunes finiraient par trouver la bonne réponse à l'énigme : la place de la Merced ! Mais sous la patte du Lion, veut dire le cimetière. De mémoire,

il y a deux lions à l'entrée… Je perdais la boule…
Je n'y comprenais plus rien !

Une secousse de la voiture m'avait fait
sortir de la torpeur générale qui m'imprégnait. Le
relâchement avant l'épilogue de cette histoire,
sans doute… Chacun savait que la fin approchait.

J'avais eu une pensée pour mes camarades
et Amber coincés dans cette cave pour de longues
minutes. Amber avait laissé malencontreusement
son téléphone sur le côté du trône, je l'avais
remarqué pendant que le Tanneur furetait et
j'étais sûr que les téléphones des jeunes étaient à
côtés. Pour une fois qu'ils s'éloignent de
quelques mètres de leurs téléphones, ces jeunes
addicts ! Ce n'est pas vrai ! Chienne de vie ! Elle
tient à peu de choses. On appelle cela le destin…
Je hais le destin !

Bientôt ils seront délivrés.

Puis nous étions arrivés au cimetière. Et
remerde !

………………………..

Un bruit ? Dans cet endroit fermé ? Il me semble entendre un bruit. Je tends l'oreille, les deux tant qu'à faire, je n'ai plus que ça à faire... Non, je me trompe, le silence est total.

Un silence de mort.

Je vais partir je ne sais où sans comprendre pourquoi cette énigme m'échappe, pourquoi nous n'avons rien trouvé dans ce cimetière, et tant mieux ! Pourquoi parle-t-on d'un lion, alors, et pourquoi je ne reconnais pas l'écriture de mon ami Emilio ?

Emilio, j'arrive...

Chapitre 37

Cimetière anglais de Malaga.

—J'ai bien regardé sous la patte droite du lion, il n'y a rien ! lance Matteo.

—Rien à gauche non plus ! observe Ignazio.

—Vous êtes sûrs ? dit Renzo me fusillant du regard.

—Hé ! Je n'y peux rien moi ! Je n'ai fait que lire le message. Quelqu'un l'a peut-être volé !

—Volé ? Encore fallait-il qu'il soit au courant du passage *« sous la patte du lion »* ! peste Le Tanneur.

—Ouais, c'est vrai, je l'admets ! dis-je à contrecœur.

Je dois me faire tout petit pour éviter le pire…trop rapidement. Gagner du temps.

—Je dis ça, je ne dis rien, commence Ignazio…

—Quoi ? s'énerve Matteo.

—Il y a peut-être d'autres lions dans le cimetière ? émet-il en me scrutant.

—Je ne m'en souviens plus ! Je ne le visite pas chaque année !

Bim ! Une claque de la part de Renzo qui se trouve à portée. J'ai encore les mains libres, ce qui fait que je me frotte la joue immédiatement. Cela ne calme pas la douleur mais c'est un réflexe.

—On repose la question, Mat ! s'énerve Matteo.

C'est parti pour une escalade de coups !

—Je crois, enfin je ne suis pas sûr, il y a un dessin de lion sur une tombe, mais franchement je ne sais plus où.

Je protège aussitôt les joues de mes mains.

Boum, un coup dans le ventre, moins sonore que la claque, mais bien plus douloureux. Origine : Matteo bien sûr !

J'ai du mal mais me force à continuer dans cette voie.

—Si, je vous assure…

Je reprends mon souffle me tenant cette fois-ci l'abdomen.

—Dans le fond à droite… Je suis désolé. C'est un peu loin, mais je crois savoir où finalement.

—Serait-ce dans le coin de la sépulture de tes amis ? me questionne Le Tanneur.

—Non !

—Ah bon ! En es-tu sûr ?

—Oui, ils seront enterrés dans un petit village dans les collines. Ils ont acheté une concession à titre exceptionnel il y a des années !

—Bien ! J'aime bien discuter avec toi ! Surtout quand on parle de morts… ricane le Tanneur. Au fait, ils ont dû changer d'avis, car ce sera ici, après-demain sans doute. Oui, après-demain, j'en suis sûr en y réfléchissant.

—Mais…

Je ne sais plus quoi dire. Je sais qu'ils avaient cherché à obtenir un caveau dans ce cimetière protestant mais que cela leur avait été refusé puisqu'ils n'étaient ni anglais ni protestants… Dans un premier temps peut-être ?

Ensuite, ils avaient tellement fait pour la communauté scientifique… Cela ne serait que justice.

—Comment le savez-vous ?

—Mat, Mat… Je suis déçu que tu nous considères comme des amateurs … La police est une mine d'informations lorsque nous y avons une taupe !

—Stop ! lance Renzo. On ne parle pas de notre organisation.

—On s'en fout ! Il va crever, de toute façon. Il nous mène en bateau ! Il n'y a pas de lion là-bas, tu verras ! Tout ça, ce sont des conneries pour gagner du temps ! Je pense que c'est sur la place de la Merced ! Sa troupe va s'y rendre, prendre ce que je pense être une puce électronique et vont se barrer ! C'est tout !

—Non, je vous assure ! Ce que je...

Bim, une autre claque mais d'Ignazio, cette fois-ci !

Je me frotte la joue d'une main, en continuant à me tenir le ventre.

—Ignazio, Le Tanneur, restez à l'entrée ! Il faut du monde pour surveiller. Bon sang ! Et j'ai

renvoyé Federico en Sicile pour aider mon père…
Il doit déjà être dans l'avion… Un homme de
moins pour chercher… Merde ! Bon, on va voir
là-bas. Je vous appelle si c'est trouvé et vous
nous rejoignez !

—Hé oui, encore une erreur Renzo ! Encore une
erreur… renchérit le Tanneur.

—Appelle-nous de toute façon ! Je veux en être !
s'écrie Ignazio en coupant ainsi la polémique…

—En être de quoi ? questionne Matteo.

—De l'hallali !

Nous partons donc, Matteo, Renzo et moi-
même en direction de …

Alors là, l'inconnu pour moi !

Chapitre 38

—Ignazio ?

—Oui, quoi encore ?

—Hé ! Je n'aime pas qu'on me parle comme ça, et tu le sais ! Attention à toi, Ignazio ! Tu as une très belle peau !

—Désolé, désolé, le Tanneur ! Qu'y a-t-il ?

—C'est mieux ! Je vois une grande tombe là-bas, tu vois celle avec la pointe d'une chapelle ! Je vais y aller jeter un œil, par curiosité. Tout seul pour monter la garde, ça ira ?

—Bien sûr ! Va te promener là-bas ! Pas de souci.

Le Tanneur s'éloigne d'un bon pas. Trop absorbé par la vision de cette chapelle, il n'aperçoit pas un homme tapi derrière une tombe. Un homme qui se baisse encore plus à son passage. Cela fait pratiquement un quart d'heure qu'il est là. Il planquait près de l'abri du trône de la Vierge. Il avait suivi la voiture des Siciliens, il avait vu Mat y être embarqué. Pour autant, il n'a pas assisté à la conversation à l'entrée du cimetière. Il a juste vu deux hommes monter sur les pilasses d'entrée qui supportent des lions. Puis, lorsqu'ils en sont redescendus, il s'est dépêché d'escalader la grille, à l'extrémité gauche du cimetière. Le groupe s'est ensuite scindé. Mat était mal en point, ce qui ne le dérange pas, bien au contraire ! Il comprend que le premier groupe va chercher la microcarte, et que le deuxième fait le guet.

D'abord s'occuper de celui qui est seul désormais à l'entrée, se dit-il.

Il s'approche d'Ignazio, se faufilant de tombe en tombe. Il n'en n'est plus qu'à trois mètres. Il le voit de dos. Ignazio regarde la grille d'entrée, jetant un œil de temps en temps à droite puis à gauche, se dandinant sur les jambes. Il va l'attaquer par l'arrière, cela ne le dérange pas de tuer par l'arrière ! Cela ne l'empêchera pas de dormir. Un traitre, un lâche. Non, un pragmatique. C'est plus facile !

En trois enjambées silencieuses, il se retrouve derrière Ignazio. Il lui enserre le cou de son bras gauche hyper puissant, met son genou droit au milieu du dos, et effectue un mouvement de bascule vers l'arrière, tout en tordant plus fort le cou. Un bruit sec de craquement de vertèbres se fait entendre dans le silence lugubre du cimetière… Dos et cou ! Son spécial ! Il retient le corps inerte, sans vie, afin qu'il ne fasse pas de bruit dans sa chute. Sa victime a de la chance, pense l'homme. Mort directe, sans souffrance !

L'autre, il va souffrir un peu !

Il prend rapidement la direction vers laquelle Le Tanneur s'est en allé. Il n'est pas très loin. Avec la même tactique d'approche, il arrive derrière sa proie. Il lui met la main gauche sur sa bouche et maintient fermement sa tête penchée vers l'arrière en l'appuyant sur le haut de son torse ; l'autre bras enserre avec force son ventre. Le Tanneur, chose rare, gémit de douleur.

—Sais-tu qui je suis ?

Il relâche un peu la pression sur la bouche, mais appuie un peu plus sur le ventre.

—Euh… Non… peine à répondre ce dernier.

—Je suis Miguel. Dante avait contacté un de mes amis de la police pour avoir des renseignements. Celui-ci m'a prévenu tout de suite. Hé oui ! Solidarité ! Depuis, je me suis beaucoup intéressé à vous. Ma cheffe aussi, d'ailleurs. On protégeait les jeunes étudiants, le criminologue et sa femme, enfin son ex. Bref ! Tu t'en fous !

—Vraiment, oui ! Je m'en fous ! Que veux-tu Miguel ? Je peux te rendre riche ! souffle le Tanneur.

—Tu vois, là, je suis carrément énervé contre Mat Doe, le gars que vous avez enlevé. Je planquais dans le secteur quand c'est arrivé. Le hasard fait parfois bien les choses ! J'en n'ai plus rien à faire de tout ça ! Ce que je veux, c'est sa peau !

—Moi aussi j'aimerais avoir sa peau ! parvient à dire le Tanneur.

Miguel enfonce encore plus le poing dans son estomac. Il resserre la main sur la bouche du Tanneur. Il le sent tenter de sortir quelque chose de sa manche. Un poignard sans doute... Il retire sa main du ventre du Tanneur et s'en saisit adroitement mais fermement. Il tourne la joue du Tanneur vers la gauche, et, de la main qui a saisi le couteau, y trace un M.

M pour Maudit. Il l'avait vu dans un film. Il avait aimé... Le sang coule de cette marque…

Ils sont près d'une chapelle dont le gazon est entouré par une grille en fer forgée, bien décorée, bien solide, avec des pointes acérées tous les dix centimètres.

Miguel va improviser la sentence, un sourire sadique aux lèvres.

—Adieu ! Tu étais au mauvais endroit au mauvais moment ! En plus, je n'aime pas ceux qui défigurent les étudiants !

Le Tanneur roule les yeux de terreur lorsque Miguel approche sa tête d'un des pics et l'y empale centimètre par centimètre. Le sang gicle. On entend le pic racler le bord de la mâchoire… Puis, il transperce l'os sous l'œil droit, en ayant probablement au passage épinglé la langue. Il tape fort sur le haut du crâne pour que le pic le transperce entièrement. Le sang ne s'arrête pas de couler, un borborisme incompréhensible sort de cette bouche qui n'en n'est plus vraiment une. Le Tanneur s'agite, mais Miguel l'enserre tellement qu'il ne réussit pas à se dégager…

—Dégage de ce monde ! lui susurre Miguel à l'oreille.

Il presse alors de toutes ses forces sur le crâne. Il a juste le temps de retirer sa main pour ne pas se blesser. La tête est transpercée complètement !

Le sang coule à flot.

Le Tanneur n'est plus ! Bon débarras !

Quelques secondes ont suffi à faire passer de vie à trépas celui qui se considérait comme un artiste… Cela tient à peu de choses, l'art !

Miguel se retourne, instantanément, insensible. Il scrute les alentours. Tout est tranquille. Il s'essuie les mains sur le costume de sa victime, essuie le Nagasaki et l'enfouit dans sa poche de pantalon. On ne sait jamais…

Si l'envie lui prenait !

Chapitre 39

—Alors Mat ! Il est où ce lion ? Tu t'es foutu de notre gueule, pas vrai ? C'est un joli tour que tu nous a fait faire dans cette partie du cimetière ! Il n'y a rien ici, c'est ça ?

Matteo me donne un coup de poing phénoménal dans le ventre. Je m'écroule sur les genoux. Je suffoque. J'ai mal.

—Je t'écoute Mat ! Ce sera la dernière fois que je te pose la question !

—C'est vrai ! J'ai dit n'importe quoi pour gagner du temps. Ce n'est pas dans ce cimetière que la microcarte se trouve. C'est sur le monument de la place de la Merced. Le lieu exact, je ne sais pas, mais si vous vous dépêchez, mes amis ne seront peut-être pas encore arrivés ! Laissez-moi là, je ne vous suis plus d'aucune utilité…

—Tu as raison, tu n'es plus utile à rien ! Regarde, là, devant, la tombe de tes amis. C'est dans celle-ci, Matteo, qu'ils doivent être inhumés ?

Matteo, désormais devant tout le monde, acquiesce.

— C'est ça !

Il saisit la pioche qui est rangée le long d'un tas de terre fraîchement remuée et commence à la bouger. Renzo me fait avancer. Il saisit son pistolet et me le colle contre le dos. Je suis face à Matteo qui, à une cadence effrénée, creuse un rectangle de terre. Il saisit la pelle qui traîne à terre et finit le travail. On découvre alors un rectangle de béton, le couvercle d'un caveau. Qu'il est allé vite ! Trop vite à mon goût… Car j'imagine bien la suite.

—Vous allez me mettre comme cela à même le béton ?

Boom ! Renzo me donne un coup de pistolet sur le haut du crâne. Je manque de m'écrouler. J'ai des sueurs froides. Je ne vais pas bien, pas bien du tout… De quoi parlait-il ? Tout se brouille dans mon esprit.

Je distingue Matteo bouger le dessus de ce qui semble être une vieille tombe à côté du caveau de Lucie et Emilio. Il sort aisément un vieux cercueil, tout pourri, en bois. Il ôte d'un coup de pelle, en faisant levier, le couvercle. Un squelette apparaît lorsqu'il retourne le cercueil. Le squelette tombe, en se brisant, dans la terre d'où il venait… Une brève sortie !

—Un « une place » tout propre pour Monsieur !

Il dépose le cercueil sur le haut du caveau de mes amis. Il le pose délicatement. Le couvercle est à côté de la tombe.

—Il ne reste plus qu'à le remplir Renzo !

—Avance jusqu'au bord et retourne-toi ! m'ordonne Renzo.

J'obéis. J'ai la tombe, grande ouverte, dans mon dos. Si je recule d'un pas, je tombe dans le cercueil. Renzo pointe son arme vers moi.

—Ne fais pas ça l'ami !

Une voix familière que je n'arrive pourtant pas à reconnaître, intime cet ordre à mon agresseur. Elle vient d'un gars, à forte carrure, qui s'est positionné dans le dos de Renzo. Une capuche sur la tête et une cagoule m'empêchent de distinguer son visage. Mes yeux larmoyants de douleur également…

—Qui …

—Ta gueule Renzo ! Dis à Matteo de reprendre sa pelle ! Et toi, Matteo, si tu n'obéis pas, je tue ton patron ! Renzo, ce Mat Doe, cogne-le qu'il rejoigne son trou comme un rat ! Cogner ! Pas tuer ! Je veux qu'il souffre ! Ok ?

—Pourq..

—La ferme ! Fais ce que je dis !

Boum… Ma vision s'obscurcit et je tombe…loin…lentement…dans une sombre noirceur et un silence profond.

Cette voix… Je la connais…

Chapitre 40

—Tu sais par où il faut passer, Renzo ?

—Oui, Miguel. La place de la Merced, je vois où elle se situe. Que feras-tu quand nous l'aurons cette satanée microcarte ?

—Nous ? Je crois que tu te trompes mon ami ! Quand je l'aurai !

—Je te propose un marché mais baisse ton arme, Miguel !

—Tu as peur ?

—Je crains surtout que tu appuies sur la détente sans le faire exprès ! Tu es tellement à cran ! Surtout que tu as également mon flingue !

—Regarde la route ! Je ne baisse rien ! Et maintenant, pour tout dire, cela commence à m'intéresser sacrément… Tu sais ? La vie éternelle…

—Tu me laisses en vie, on duplique le document quel qu'il soit et on ne se connait plus ensuite. C'est un bon deal, pas vrai ? Pour info, ce n'est pas la vie éternelle ! Quel ennui ! Quelques dizaines d'années de plus, c'est tout. Apparemment cinquante. Pas mal quand même !

—Tu sais, quand j'étais dans la cage pour combattre, le dernier coup était le bon. J'empochais le fric. Là, c'est pareil ! Je viens de tuer tes trois gars, tu es tout seul, j'ai ton arme et la mienne. Tu vois où que je devrais négocier ?

—Merde, on est suivi !

Miguel regarde dans le rétro extérieur.

—La voiture me dit quelque chose… Ouais ! La salope : c'est Dolorès Garcia !

—Deux contre un, ça va aller maintenant… Pourquoi tu la traites de salope ? Ce sont des mots affectueux peut-être ! Elle est assez sexy !

—Ta gueule Renzo ! Elle va m'entourlouper, elle va nous choper le document !

—Moi vivant, certainement pas ! Zut, elle accélère, elle va nous rentrer dedans !

—Appuie, appuie ! hurle Miguel.

La voiture puissante de l'Inspectrice, une Bmw aménagée, munie d'un pare buffle pour les interventions spéciales, vient les emboutir violemment à l'arrière. Renzo ne peut plus rien contrôler. Sa voiture fait une embardée sur la droite puis file tout droit sur le trottoir et longe le mur d'une usine désaffectée dans ce quartier de Malaga déserté... Elle glisse littéralement sur une vingtaine de mètres, allongée sur le flanc.

Renzo réussit rapidement à s'extraire, en escaladant la portière. Son intention de s'échapper est claire. Il est marqué au visage, sur le côté gauche, celui-ci ayant cogné la vitre lors de l'impact. Mais Miguel l'agrippe d'une main solide.

—Hé la ! Tout doux !

Il escalade à son tour la portière, non sans l'avoir ouverte d'un coup de pied violent vers le haut, tout en maintenant Renzo, cette fois-ci, par le bras. Il est impressionnant de force... Les deux hommes atterrissent au sol d'un bond.

Miguel n'a pas lâché sa proie. Il saisit son pistolet de la main droite, et laisse Renzo sur son côté gauche. Il prend celui qu'il avait ôté à Renzo pour bien le coincer à l'arrière de son pantalon. Le voilà paré de deux armes...

Tous deux voient l'Inspectrice descendre de son véhicule, l'arme à la main, et visant sa cible, Renzo ! Elle avance lentement, se déhanchant outrageusement, en conquérante.

—Dolorès ! Qu'est-ce que tu fous là ?

—Je viens t'épauler Miguel !

—M'épauler ! Tu parles ! M'épauler comme tu le fais avec Mat ! C'est ça ? Ou m'épauler comme avec Almudena ?

—C'est quoi cette histoire ? Amber m'a téléphoné pour m'expliquer comment les Siciliens ont emmené Mat… Allons ! Je suis bien entendu aussitôt partie pour les aider. Je t'ai appelé, mais tu n'as pas décroché, alors je t'ai géolocalisé.

—Ah ! On se géolocalise entre collègues dans la police espagnole ! On s'espionne ! Quelle confiance !

—La ferme ou je te descends ! lance Dolorès.

—Décidément, vous m'en voulez tous !

Une voiture passe à ce moment devant les trois protagonistes. Elle ralentit et l'homme au volant demande si quelqu'un a besoin d'aide. Lorsqu'il voit les armes de Miguel et Dolorès, il donne un bon coup d'accélérateur et s'enfuit au plus vite du secteur.

—Je peux vous proposer un échange, Madame l'Inspectrice, reprend sans se démonter Renzo. Je vous laisse la microcarte, et vous me laissez la vie sauve. Je ne poursuivrai personne par la suite. Vous savez que c'est appréciable quand on n'a pas de Siciliens aux trousses !

—C'est ça ! Tu me prends pour une idiote ? Les sbires qui étaient avec toi au cimetière vont arriver d'ici quelques instants pour nous flinguer ! C'est ton plan, non ?

—Comment sais-tu que nous étions au cimetière et que ses gars étaient présents ? questionne Miguel d'un ton agressif.

—Le cimetière est fermé pour cause de réfection pendant plusieurs jours. Le gardien a appelé nos collègues pour dire que des gars en costume étaient entrés dans l'enceinte et qu'un autre était menacé par un pistolet. Mat sans doute ! Et je voulais justement t'appeler pour que tu t'y rendes ! C'était vital pour Mat ! Moi, je protégeais toute la petite troupe ! Mais comment as-tu pensé à y aller, si tu ne m'as pas répondu ?

—Vous êtes bien renseignée, dites donc ! s'esclame Renzo, trop sûr de lui en cet instant.

—Ouais, il a raison ! ajoute Miguel en s'agitant, et en gesticulant avec son pistolet.

—Où est Mat ? questionne l'Inspectrice.

—Ton chéri ? Six pieds sous terre ! Il va pourrir, tu ne pourras plus le baiser, salope !

—Miguel ! Allons Miguel, du respect et tu vas te contrôler maintenant ! Où est Mat Doe, bon sang ! Pourquoi six pieds sous terre ? On devait le protéger ! Passe les menottes à ce Sicilien de malheur !

—Alors, Inspectrice, on ne se contente plus du petit adjoint et de sa queue ! C'est plus excitant de se faire sauter par un intello que par un pauvre flic sur la banquette arrière de sa voiture ! Je n'ai été pour toi qu'un en-cas, pas vrai ? Eh bien, ton plat principal, on l'a enterré vivant dans un cercueil… Il aura tout le temps de penser à toi avant de mourir ! Ou à Amber …

Miguel avance de quelques pas, si bien qu'il n'a plus Renzo dans son angle de vue. Il ne le voit donc pas passer derrière lui, reprendre en un instant son arme glissée dans la ceinture arrière de son pantalon, et esquisser un geste pour la lui pointer dans le dos. Il est légèrement décalé vers la gauche si bien que Dolorès embrasse du regard la situation. Elle tend le bras. Miguel fait de même.

Les coups de feu partent de manière simultanée. Dolorès est probablement la première à lâcher son coup. Renzo est touché en pleine poitrine côté cœur mais en tombant, il appuie sur la détente et une tâche rouge apparait aussitôt dans le dos de Miguel qui tire sur Dolorès, se sentant en danger. Fou de rage, il n'a pas entrevu la visée de sa maîtresse. Elle ne voulait qu'abattre celui qui allait lui tirer dessus… Tout s'est enchaîné si vite ! Réflexes de trois professionnels de la gâchette …

Miguel s'écroule donc, gravement blessé mais encore conscient. Sa tête tournée sur le bitume en direction de Dolorès, il crie du plus fort qu'il peut :

—Pourquoi ? Pourquoi Dolorès ?

Des larmes coulent sur ses joues. Il ne peut presque pas bouger. Il a froid. Ses forces lui échappent mais il a conscience qu'il survivra. Il entend au loin, se rapprochant à grande vitesse les sirènes de police. Le gars de tout à l'heure en voiture a dû prévenir les flics, se dit-il, un sourire aux lèvres. Un parfait citoyen !

Il aurait tout donné pour Dolorès. Il ne voulait pas la tuer ! C'était l'autre qui était l'ennemi …le criminologue.

Dolorès ! Il lui consacrait sa vie depuis l'embuscade avec les trafiquants de drogue. L'autre, le salaud de Mat, a tout gâché, détruit leur binôme, leur entente implicite et ce qu'il croyait être un amour partagé.

Dolorès l'a trahi ! Elle voulait Mat. Alors, finalement, c'est bien qu'elle soit morte !

Le pauvre con de Mat ! A jouer au superhéros, il va crever dans quelques heures, enterré vivant. Personne ne le trouvera à temps ! Personne ne saura qu'ils étaient dans le cimetière avant la fusillade.

En outre, deux flics à terre, ça va foutre le bazar. Les collègues ne se chargeront de rien d'autre dans les prochaines heures. Tout était dit ici : deux policiers touchés, dont une morte !

Les sirènes sont proches. Miguel doit se décider ! Que sera désormais sa vie sans Dolorès ? Le néant… Il comprend qu'il lui sera difficile de nier le tir mortel sur son amour ! La prison, la violence des détenus envers lui, les matons qui fermeront les yeux, pourra-t-il supporter tout cela ? Il saurait se défendre et tenir, mais combien de jours ? Cela en valait-il la peine de toute façon maintenant ?

Par une balle dans sa tempe, il donne une réponse rapide à cette question.

La première voiture de police stoppe à quelques mètres du lieu du drame.

Dolorès git, le pistolet à la main, dans une énorme marre de sang. Ses secrets cachés avec son supérieur à Séville seront désormais scellés à jamais.

Renzo, touché en plein cœur s'est écroulé dans une position ridicule, Mourir de cette manière n'est pas digne d'un chef de clan... Lui qui voulait profiter de son père quelques années de plus, il meurt en terre espagnole tout comme son frère et tous ses soldats sauf un.

Miguel est allongé sur le ventre au sol, la tête tournée vers Dolorès, son arme à la main, non loin de sa tempe. De visage, il n'y en n'a plus ! Un amas de sang, de chair et de cervelle. Son attitude est presque posturale, à l'identique d'un boxeur atteint par un KO soudain...

Tout le petit monde de la police commence à œuvrer autour de cette scène macabre dans laquelle se sont joués les destins du clan des Siciliens et de leurs adversaires, les deux flics qui les poursuivaient.

Personne, cependant, ne saura répondre à ces trois questions :

-Pourquoi le flic a-t-il tiré sur sa collègue, car la balistique ne mentira pas sur ce point ?

-Que vient faire ce Sicilien dans cette histoire ?

-Quel est l'enjeu qui explique la présence des trois protagonistes en ce lieu ?

La microcarte d'Emilio et Lucie semble bien protégée désormais des personnes soucieuses de s'en emparer…Quoique…

A l'heure actuelle, Mat est en train de crever, enterré vivant dans un endroit qu'il parait difficile de trouver rapidement dans les temps impartis par les lois de la physique et de la biologie…

Combien d'heures ou de minutes d'oxygène lui reste-t-il ?

Réponse : trop peu sans doute aucun.

Pauvre Mat !

Une mort indigne de celui qui voulait toujours sauver les autres…

Ainsi va la vie … on ne contrôle pas toujours sa mort …

Chapitre 41

Dans une rue de Malaga, au même moment

—Max ! Pourquoi n'as-tu pas voulu dire aux autres où on allait ? Pourquoi, si tu as une idée du lieu où se trouve Mat, ne rien dire ? Je ne comprends pas !

—Parce qu'ils m'énervent tous, parce qu'ils ne voient qu'au coup par coup ! Ils sont vite perdus ! Moi, je veux voir en grand ! Je veux arriver au bout de mon projet de vie… pas seul, mais avec toi Léa !

—Oh Max ! Je le veux aussi et nous ferons tout pour être heureux, tu verras !

—J'en suis sûr, Léa, j'en suis sûr ! Il a fallu tous ces événements pour que nous en prenions conscience !

—Dis-moi, pourquoi filer sur la place de la Merced pour récupérer la microcarte ? Pourquoi ne pas y être allé avec les autres ? Mat peut s'y trouver avec les Siciliens, et on aurait eu besoin d'aide…

—Parce que je me doute que Mat les a conduits dans un autre endroit… C'est un finaud ! On va d'abord le sauver ! De plus, tu as trafiqué le message… N'est-ce pas ? Donc qui te dit qu'on va aller sur la place de la Merced ?

—Oui et non pour le message… Mais comment peux-tu savoir tout ça ?

—Quand je suis parti avec Emma, j'ai reçu un appel de ton amie Pilar que tu venais de contacter. Inquiétée par ta voix, elle m'a fait part de ton étonnante requête : qu'elle aille récupérer un message sur le trône de la Vierge ! Je lui ai donné quelques vagues explications et lui ai demandé de m'envoyer une photo ou un sms de son contenu aussitôt le message en sa possession. Je lui ai fait promettre de ne rien te divulguer de notre conversation pour te protéger. C'est une bonne amie, semble-t-il…

—Merde ! Je pensais qu'elle n'aurait parlé à personne de cette mission…

—Ne lui en veux pas ! Elle t'a trouvée si bizarre que ça l'a fait flipper. Elle t'aime bien ! Pourquoi as-tu fait ça, Léa ?

—Thomas avait été tellement méchant en parlant de toi que je n'ai pu m'empêcher de réagir à ma façon... C'est pourquoi je me suis isolée dans les toilettes du bar, j'ai appelé Pilar et la suite, tu la connais… C'était si injuste ce que tu avais déjà subi ! Je voulais que l'on prenne les choses en main tous les deux !

Max pose tendrement sa main sur la cuisse de Léa. Elle continue de conduire mais une larme perle au coin de son œil. Max ôte sa main de la cuisse et la lui essuie délicatement.

—Mon amour…chuchote Max.

—Je t'aime, Max. Pour la place de la Merced, c'est par où ?

—On n'y va pas, t'ai-je dit, pas tout de suite ! Mat les a emmenés ailleurs, j'en suis sûr ! Je ne sais pas comment, mais je le pense fortement… Toi, tu t'es chargée de faire déposer par Pilar un faux message à la place de l'autre près de la Vierge et tu gardais le vrai pour me le donner. C'est ça ?

—Euh… Oui, un peu compliqué dit de cette manière, mais c'est ça ! Je lui ai dit de le recopier et je lui ai fait changer les quatre ou cinq derniers mots… Apparemment, elle a bien fait ça ! Je sais, c'est tordu !

—Il y a pire ! De mon côté, j'ai brouillé toutes les pistes également. Pilar m'a bien téléphoné pour me lire le message originel. J'ai donc su le premier où la carte serait. A mon avis, à ce moment-là, la piste de Mat et de la microcarte à la place de la Merced paraissait trop plausible à tout le monde. C'est là que le génie de Mat a dû œuvrer pour détourner les Siciliens de cette place...

—Oui, et ?

—Il se trouve qu'Amber a téléphoné à Dolorès pour qu'elle vienne en renfort avec Miguel sur la place. A peine Amber avait raccroché, je ne le savais pas alors, par chance, j'ai téléphoné à Dolorès pour voir un peu comment je pouvais la manœuvrer...

—La manœuvrer ? Qui ? Dolorès ? Et le rapport avec le lieu où se trouve le document ?

—Je voulais qu'elle s'éloigne de nous, surtout d'Amber et de Mat. Léa ? Voyons ! C'est elle qui a empoisonné Almudena ! Les anxiolytiques à forte dose, c'était l'Inspectrice !

—Mais pourquoi ?

—Jalousie ! Almudena avait couché avec Mat juste avant. Elle a dû les découvrir...

—Non…

—Mat est un homme, Léa…

—J'espère que tu ne me tromperas jamais, dit Léa en faisant mine de bouder. Bon, je vais où ?

—Prends la direction du cimetière anglais !

—Mais ? Max ! Je ne comprends plus rien…

—Vas-y ! Vas-y ! Je continue mon histoire. Donc, on venait d'informer Dolorès de la présence d'hommes en costume, avec un gars en otage manifestement, dans le cimetière anglais. Actuellement, il est en travaux, Léa ! Donc, c'était Mat qui était l'otage ! Il a embobiné ces mafieux pour les emmener là ! Quel mec ! J'ai demandé à Dolorès de laisser faire, et de plutôt venir protéger tous les autres. Elle allait contacter Miguel pour qu'il aille au cimetière. Je souhaite que Mat soit encore vivant. La priorité c'est d'aller l'aider ! On ira après à la place de la Merced pour y choper la microcarte ! Ok ?

—Ok. Mais si les Siciliens sont là ?

—On avisera, on avisera, dit Max en sortant de la poche de son blouson un colt…

—Une arme ? Tu es fou !

—Non Léa ! Je ne me laisserai plus faire désormais, et je tuerai quiconque voudrait s'en prendre à toi… Miguel y sera peut-être déjà, il lui faudra de l'aide. Bon, où est la microcarte alors ?

—Pilar m'a lu le message quand elle l'a trouvé dans une des fleurs entourant la Vierge. Elle m'a téléphoné aussitôt. En fait, je comprends maintenant que c'était après ton coup de fil… Filou ! Je lui ai dit de rajouter quelques mots à la fin, mais ça les emmenait quand même dans la première partie sur la place Merced… Mais j'avais rajouté *« Sous la patte du lion... »,* qui pouvait faire penser au cimetière anglais, puisqu'il y avait un Irlandais dans l'histoire ! Tu me suis ?

—Mouais… Bof…

—Donc Mat a dû saisir cette occasion de les tromper sur la destination ! Hé oui, car il y a des lions à l'entrée de ce cimetière !

—Moi, j'ai eu, je l'avoue, du mal à trouver l'énigme. Mais toi ! Dis donc, comment savais-tu pour la place de la Merced, le Général, et cet irlandais ? Tu m'épates vraiment ! Et pourquoi les emmener au bon endroit ? Léa ! Voyons !

—Qu'est-ce que tu crois ! J'aime m'instruire ! En changeant quelques mots à la fin, on pouvait se diriger, malgré tout, c'est vrai, avec la première phrase, vers la place de la Merced, au monument du Général. Mais, de toute façon, la microcarte n'était pas exactement là ! Donc pas de souci !

—Où donc alors ? Ce n'est pas limpide, Léa ! Loin de là !

—Tiens-toi bien ! Pilar, en regardant par hasard le message originel à la lumière, réflexe d'une future archéologue, a vu en transparence un mot écrit à l'encre spéciale.

—Où alors ? Alors ? La microcarte ?

—Je crois qu'ils craignaient tellement que cela ne tombe dans de mains sales ! Tu s..

—Où Léa ? Alors ? Dis-moi, bon sang !

—Ne t'énerve pas…Place de la Merced ! Mais sur … Picasso ! Le mot, c'était *« Picasso »* …

—La statue en bronze sur le banc ?

—Et ouais Monsieur ! Elle y est allée car elle m'a recontactée et je lui ai demandé d'inspecter la statue de Picasso. C'était dissimulé et collé sur le bas de son pantalon, d'un coloris identique à la statue. Elle a eu beaucoup de mal à l'ôter sans l'abîmer…

—La vache ! Alors là… Qu'en a-t-elle fait ?

—Elle me l'a donnée.

—Quand ça ?

—Tout à l'heure, sur la route. Je me suis arrêtée devant un café. Je t'ai dit que j'avais trop envie d'aller aux toilettes, et je…

—…tu t'es arrêtée dans ce café et Pilar t'y attendait ! Oh la menteuse ! commente Max, mi riant mi incrédule.

—Eh oui ! Je l'ai. Ici ! dit-elle en montrant une bretelle de son soutien-gorge.

—Je te découvre Léa… Alors, toi, la si douce Léa… Quasi une espionne !

—Ne t'inquiète pas, je suis la douce Léa en temps normal, mais si on m'embête, je peux changer du tout au tout ! Pour toi, je serai la douce Léa, comme d'hab ! Tu n'aimes pas Léa la perfide…

—Je commence à l'adorer ! Montre-moi !

Léa gare la voiture sur le côté de la route. Cela fait maintenant presque six heures que Mat a été enlevé… mais c'est plus fort qu'eux : ils doivent voir la microcarte…

Elle sort de dessous d'une des bretelles de son sous-vêtement la précieuse carte, effectivement peinte de couleur similaire à la statue de Picasso assis sur un banc dans la place. Max a fait tant de photos de cet endroit qu'il à peine encore à y croire… Place de la Merced mais pas là où on pensait…

—Max ! Il faut qu'on y aille !

Léa démarre puis accélère, dans Malaga bien encombré avec la Semaine sainte… Encore un quart d'heure, et ils y seront.

Ils y trouveront le Tanneur et Ignazio, morts à quelques mètres de l'entrée. Max regardera froidement son tortionnaire empalé tel un morceau de viande. Léa ne s'y résoudra pas. Ils suivront les traces de sang laissées dans les allées. Max apercevra de loin une tâche jaune canari sur le sol… le mouchoir de Mat d'hier… A chaque jour, une couleur de mouchoir ! Il sourira car il saura qu'ils sont sur le point de le trouver ainsi que la future tombe de Lucie et Emilio. N'oublions-pas Matteo, le frangin de Renzo. Il n'aura pas pu le protéger jusqu'au bout. Ils essaieront de comprendre comment tout le monde en est arrivé à ce passage vers l'autre monde, quel qu'il soit, Enfer ou Paradis ? Ou rien…

Et puis Léa entendra, dans un souffle de vent, un bruit…plutôt un appel, venant de loin, de très loin.

…Amber… !

—Dépêchons-nous   Max !   dira   Léa   en s'agenouillant et en grattant la terre de ses mains. Max trouvera dans un buisson fleuri, tout proche, une pioche. Il creusera avec énergie mais aussi avec précaution. Ils trouveront le dessus d'un cercueil en bois vermoulu duquel surgira un poing vengeur et entendront une voix empreinte de joie gronder :

—Il était temps !

Chapitre 42

J + 3 mois   *10h*   *New-York*

—Qu'est-ce qu'il fait chaud ! Ces températures me rappellent l'Andalousie ! dit Max.

—Oui, mais en Andalousie il fait chaud tout le temps ! Ici, en juillet ! Attends février !

—Rabat-joie ! En février, on aura de la neige sans doute ! Central Park sous la neige … Humm ! Tu ne connais pas ça, toi ?

—Non, mais toi non plus, Max chéri !

Léa embrasse tendrement Max. Bras dessus bras dessous, ils prennent tranquillement la direction du pont de Brooklyn, un café à la main comme de vrais américains.

—Tiens, hier soir, j'ai eu des nouvelles d'Amber, ajoute Léa.

—Ah bon ? Tu ne me l'as pas dit !

—Il était tard et je n'ai pas voulu te réveiller, tu dormais si paisiblement. Depuis que nous sommes arrivés, c'est toujours le cas…

—Oui, on est bien à deux, ici… Et des autres, des échos ? Mat et Amber, ça roule ?

—Thomas est avec Emma !

—Non ! Incroyable !

—Amber dit que ça l'a calmé, stabilisé quoi. Il est moins arrogant et piquant. Emma est plus sereine. Son frère vit seul. Il a plus de mal à tourner la page. Il cherche toujours la microcarte et ne désespère pas de la trouver un jour. Il bouge beaucoup du coup et finalement ça lui occupe l'esprit. Pour Mat et Amber, oui, apparemment c'est bien reparti ! Quand elle l'a vu au cimetière, après notre appel, c'est là qu'elle a pris conscience de ce qu'il représentait pour elle…

—Oh ! Que c'est beau ! nargue Max.

—Fais pas ton macho ! C'est un beau couple ! En revanche, je n'en reviens pas qu'il était alcoolo !

—Tu sais, je m'en doutais un peu. C'était trop bizarre. Quand on buvait un coup, il avait l'air gêné, je ne sais pas, un truc dans le genre.

344

—Ouais, n'empêche qu'avec tout le stress que cette histoire lui a fait subir, il est resté sobre ! Il a un parrain d'après Amber, un gars à qui il peut parler quand ça ne va pas.

—Il a replongé… Une bière !

—N'importe quoi… S'il dit qu'il n'a rien bu à Amber, c'est qu'il n'a rien bu.

—Une sacrée bière même ! Il s'y est carrément mis dedans : la mise en bière !

—Quel idiot tu fais ! C'est vraiment de l'humour noir… Pauvre Mat ! Je me demande pourquoi il buvait.

—C'est son histoire Léa… Est-il suivi par un psy ?

—J'ai cru comprendre que oui. Cela l'aidera.

—Amber a reparlé de la carte mémoire ?

—Un peu … Mat sèche sur l'endroit où elle pourrait se trouver. Mais ça ne lui prend plus la tête. L'essentiel pour lui est que les Siciliens ne s'en soient pas emparée. Si lui ne trouve pas, les autres non plus, a dit Amber.

—Quels autres, ils sont tous morts ! Sauf un, c'est vrai…

—Arrête ! Brrr… Ces traitres !

—Et nous ?

—Nous quoi ?

—Sommes- nous des traitres ?

—Pourquoi dis-tu cela ?

—Pour avoir dissimulé la carte, pardi…

—Comment veux-tu que j'oublie que je me suis servi de ma meilleure amie pour me la procurer et que…

—…que tu l'as cachée dans ton soutien-gorge !

—Débauché, va !

—En tout cas, cette carte mémoire est aux States à présent, et c'est tant mieux !

—Tu crois que c'est mieux ? questionne Léa

—Certain ! Personne ne viendra la chercher ici !

Max baisse la voix et ajoute.

—Elle ne tombera pas entre les mains de charlatans ou de déjantés qui feront n'importe quoi avec ! Je peux te l'assurer !

—Tu sais, même ici aux States, ça pourrait arriver si ça venait à se savoir…Mais nous ferions en sorte de la protéger. Avec nous, elle sera en sécurité. Personne ne soupçonne que nous l'avons embarquée avec nous…

—On a fait ce que l'on pensait être le mieux.

—Lucie et Emilio, paix à leurs âmes, ont tellement intrigué puis souffert pour ne pas dévoiler l'endroit où ils l'avaient cachée. On ne peut qu'imaginer le côté pervers d'une telle découverte…

—Tu as raison.

—Un jour, peut-être, l'homme deviendra plus sage et il sera possible de tout dévoiler.

—Je crains que cela soit un bien lourd fardeau pour nous, Léa…

Ils traversent le dernier passage piétons avant le pont.

Leurs cœurs battent la chamade, comme tous les dimanches d'ailleurs, quand ils viennent faire un tour ici…

Dès les premiers pas sur le pont, l'angoisse les étreints. Leurs cœurs vont exploser ! Ils jettent des regards à droite, à gauche, puis recommencent plusieurs fois. Ils se rapprochent de la rambarde gauche. Léa tremble. Max est pâle, très pâle.

—C'est pourtant là, n'est-ce-pas ? dit à haute voix, pour se rassurer, Léa.

—Oui ! Oui ! Mais regarde partout ! C'est quoi ce merdier ?

—Je vais demander au flic là-bas !

—Il s'est passé quelque chose…ce n'est pas possible !

—Monsieur l'agent !

—Mademoiselle …que voulez-vous ?

—Que s'est-il passé pour les rambardes ?

—Vous avez remarqué ? C'est une bonne chose, n'est-ce-pas ?

—Oui… Enfin, si on veut…

—Ah ! Vous et votre petit ami êtes concernés ? dit-il en balançant sa tête vers Max.

—Eh bien oui… Où sont-ils ?

—Les ferrailleurs les ont tous emmenés hier pour être détruits et reconditionnés. Décision du maire il y a trois mois. Vous ne l'avez pas lu dans les journaux ?

—Nous n'étions pas encore arrivés ! Reconditionnés, c'est-à-dire ? continue, angoissé, Max qui s'est rapproché.

—Fondus, détruits quoi !

—Non ! s'exclame Léa interloquée.

— Si vous aviez accroché un cadenas d'amour à la rambarde, hélas, vous ne le retrouverez plus jamais !

—Où vont-ils être détruits ?

—Dans un endroit où vous ne pourrez pas accéder. C'était devenu trop dangereux pour le pont : oxydation et poids, je pense. C'est mieux comme ça, croyez-moi ! N'en remettez pas un dessus sinon, dans quelque temps, il subira le même sort !

Léa et Max, abasourdis, s'enlacent pour se réconforter. Eux qui avaient des scrupules, des inquiétudes, ils peuvent désormais être rassurés. Plus personne ne découvrira qu'ils avaient dissimulé la carte dans un cadenas accroché à la rambarde du pont de Brooklyn.

Un si joli cadenas avec l'image de la tour Eiffel dessus !

—Zut, zut, zut ! Bon sang… Tu vois, Max, le destin a choisi pour nous. C'est sans doute mieux comme ça, non ?

—Ouais…murmure Max en se frottant le front désormais recouvert par une frange qui dissimule les cicatrices… Tout ça pour ça ! Merde !

—Tant de morts, tant de haine, tant de souffrance… Comme tu dis, tout ça pour ça… mais, bon…

—On va dire que les gentils ont finalement gagné et que ce lourd secret est enfoui à jamais ! déclare Max à contre cœur, prenant à nouveau Léa dans ses bras.

……………………………………

A l'autre bout du pont, Liam et Jackson, la dizaine d'années à peine, tapent les garde-corps avec leurs mains tout en suivant tranquillement leurs parents.

—Regarde ce que j'ai eu hier ! Un cadenas avec une jolie tour en photo dessus ! s'exclame Liam.

—C'est la tour Eiffel, banane ! Elle est en France ! On l'a vu à l'école ! Où tu l'as eu !

—Le monsieur qui nettoyait la rambarde pendant que je passais avec maman. Il a renversé son sac à outils et je l'ai aidé à les ramasser. Alors pour me remercier, il me l'a donné. J'aurais bien voulu l'échanger avec la belle petite voiture bleue de Noah, mais regarde….

—Oh ! On dirait que l'image de la tour Eiffel a été collée dessus ! C'est plus gros ! Peut-être un secret d'amoureux y est caché entre les deux ! dit-il en rougissant puis en se cachant le visage. Hé ! C'est quoi écrit là ? Montre… Oh, la chance !

—Eh oui ! Un L et plus loin un M…Comme la première et la dernière lettre de mon prénom L…I…A…M… **L M** !

....

A l'autre bout du pont, **L**éa et **M**ax regardent au loin New York, toujours enlacés… Peut-être plus que la ville d'ailleurs…

Leurs pensées sont portées plus loin, beaucoup plus loin, vers leur nouvelle destinée désormais plus normalisée et moins dangereuse…

Le hasard vient de leur tourner une sacrée page…

Le hasard est une loi qui voyage incognito…

Sauf pour Federico… revenu en Sicile…

Oui… Sauf pour Federico !

Malaga

Fondée au VIIIe siècle par les Phéniciens, cette
ville portuaire andalouse est l'une des plus
anciennes du monde. Elle possède le charme et le
patrimoine caractéristiques de l'Europe
méridionale avec son amphithéâtre romain, sa
cathédrale baroque et son château mauresque.
Mais elle regorge également d'art moderne et de
culture : ses quelque 30 musées exposent de tout,
du cristal à l'automobile en passant, bien sûr, par
Picasso, qui est né ici. On peut explorer les
marchés à ciel ouvert, s'émerveiller devant les
peintures murales de Soho, flâner le long des
bananiers et des fontaines du Paseo de Malaga, et
prendre le soleil sur l'une 12 plages locales (la
« Costa del Sol »). Ne pas hésiter à se mettre à
l'heure espagnole et commencer la soirée avec
des tapas à La Merced avant de se rendre dans les
bars et clubs des charmantes rues piétonnes du
Centro Histórico.

Semaine sainte à Malaga

Du dimanche des Rameaux au dimanche de la
Résurrection, les confréries de Malaga défilent en
procession en portant leurs trônes représentant la

Passion du Christ, depuis son entrée à Jérusalem jusqu'à sa Résurrection.

Tout au long du parcours officiel, toutes les confréries, dans leur grande diversité, défilent dans une atmosphère chargée de sobriété, de respect et d'ordre.

Les habitants des différents quartiers de Malaga vivent ces processions avec une grande ferveur. Leur effervescence est grande et leur vénération immense pour le Christ et les Vierges, lors des sorties processionnelles et des retraites à l'église.

La plupart des confréries de la Passion possèdent leur propre Maison de la confrérie, un véritable musée où l'on peut admirer, dans le plus grand détail, le luxe et la beauté des trônes, des manteaux des Vierges et des objets de liturgie et de procession.

Place de la Merced

Également connue sous d'autres noms comme la place du Marché ou place de Riego, c'est l'une des plus belles places de la ville. En son centre se trouve le monument à Torrijos, représenté par un grand obélisque qui caractérise cette place.

Elle est aussi connue pour être le lieu où Picasso fit ses premiers pas, où se trouve la Fondation Maison Natale de Picasso dans l'une des demeures situées sur le côté de la place. C'est également ici que vécurent des hommes politiques comme le général Riego, des sculpteurs comme Fernando Ortiz, des écrivains comme Juan José Relosillas, des architectes comme Gerónimo Cuervo ou des peintres comme Bernardo Ferrándiz.

Au XVe siècle, la place était un marché public et, à la fin du XIXe, un lieu de loisirs et de divertissements pour les bourgeois. On y entend le son des cloches de l'église de la Merced proche de la maison natale de Picasso. Elle eut pour témoins une mosaïque de personnages populaires dont le génial artiste se fit écho au fil du temps.

Monument du Général Torrijos

Au centre de la place de la Merced se trouve le monument civil urbain le plus important du XIXe siècle. Il fut conçu par l'architecte municipal Rafael Mitjana en honneur au général Torrijos.

Ce monument funéraire est consacré à José María Torrijos et à ses 48 compagnons fusillés sur les plages de San Andrés par ordre de Fernando VII. En principe, le monument aurait dû être situé à l'emplacement de la fusillade, mais il fut finalement érigé sur la place Riego, ancien nom de la place de la Merced.

Le soubassement ou piédestal du monument est en fait une crypte où reposent les dépouilles de ces défenseurs de la liberté. Il est composé de deux parties. La première est ornée de dédicaces tandis que la seconde rappelle le nom des défunts. Le monument est surplombé d'un obélisque garni de couronnes de lauriers en bronze, une dernière couronne dominant la pyramide.